小山 タケル

[ILLUST] 檜坂はざら

TAKERU KOYAMA & HAZARA HISAKA PRESENTS

俺の転移した異世界がクソゲー年間大賞

～マジックアイテムでも物理で殴ればいい～

ORE NO TEN-I SHITA ISEKAI GA KUSO-GE NENKAN TAISYO

恐ろしく狭い台所で、
一人の少女がグツグツと鍋を煮詰めていた。
――なぜか、全裸にエプロンという恰好で。
「あっ、ソータさん。もうすぐできますよ」

両側から抱きついてくる二人の美少女。

なんだこのあつらえたようなギャルゲー的展開は？

この場で唯一静観しているフィーは、
眠たげな半目でコテンと首を傾げていた。

「……ソータ、修羅場？」

「断じて違うわ！」

CHARACTERS
ORE NO TEN-I SHITA ISEKAI GA
KUSO-GE NENKAN TAISYO
アリス
ソータ

フィー
ティア

CONTENTS

ORE NO TEN-I SHITA ISEKAI GA

KUSO-GE NENKAN TAISYO

俺の転移した異世界がクソゲー年間大賞

～マジックアイテムでも物理で殴ればいい～

小山タケル

MF文庫J

口絵・本文イラスト●檜坂はざら

Date.1　とある異世界の異常で日常な一幕

僕の名前はケンタ。どこにでもいる普通のゴリラだ。

中学までの成績は中の下、容姿は平凡、血液型はB型、握力は五百キロ弱。クラス内で特に目立つことはなく、かといって孤立しているわけでもない。自分で言うのもなんだけど、特徴がないのが特徴といったところだろうか。

そんな凡ゴリラな僕だけど。

この春から、晴れて高校生になる――。

真新しい制服に身を包み、最寄りの駅で電車を降りた。

駅前の大通りには桜並木が咲き誇り、陽気が剛毛に心地よい。

何かこれからいいことが始まりそうな予感に、僕の足取りは自然と軽くなる。

……今日から僕が通うことになる私立五里ノ宮（ごりのみや）高校は、去年まで女の子しかいない雌ゴリラ校だった。

それが今年から共学化し、僕を含めた雄ゴリラの比率は当然のことながら低い。

自宅から近かったという理由で五里ノ宮を受験した僕だが、いざ通うとなるとやはり期待してしまう部分はある。

中学までは地味だった僕だけど、高校生活は絶対にリア充になってやるのだ。

そんな目標を胸に、僕は意気揚々と学校までの通学路を歩きだした。

――ドンッドドンッドドドドン!!

心の高揚が抑えられず、ついドラミング（胸を叩く行為）をしてしまう。

周りを見ると、僕以外にもドラミングをしている新入生らしき生徒がたくさんいた。みんな、これから始まる高校生活への期待に胸を高鳴らせているらしい。

それにしても、やっぱり女の子が多いな。

もしかしたら、本当にカノジョとかできちゃうかもしれない。

そんなことを考えていた矢先。

『きゃあっ⁉』

『うわあっ⁉』

たまたま手前の角から飛び出してきた相手と、正面からぶつかってしまった。

『いった～☆　ちょっと!　どこ見て歩いてるのよっ』

『ご、ごめん』

古タイヤを弾ませたような声音で怒られて、僕は慌てて謝った。

この声……女の子？

視線を向けると。

……目を瞠るほどの美ゴリラが、そこにいた。

美しいブロンドの毛並み。エメラルドの原石のような碧眼は美しく、年頃にしては豊満な胸筋が嫌でも僕の目を引く。

ひたすら唖然とする僕に、彼女はプリプリと丸太みたいな両腕を組んだ。

『ちょっと』

『え？』

『え、じゃないわよ。女の子が転んでるのにアンタはなにもしないわけ？』

そう言われて、僕はハッとした。

急いで手を差し伸べると、彼女は不満そうにしながらも握り返してくる。

『……ふん。デリカシーはないけど、筋肉は少しだけマトモみたいね』

『悪かったよ。でも、よそ見していたのは君も同じじゃないか』

『はァ!?　あたしが悪いって言うの!?』

『そういうつもりじゃ……』

そのとき、学校のほうからチャイムが鳴った。

彼女は『あっ』と声を上げると、地面に転がっていた自分の鞄をひょいと指でつまみ上げる。

『今日のところは勘弁してあげるわ。アンタに構ってるとこっちまで遅刻しちゃう』

『あ、ちょっと——』

僕の呼び止めも聞かず、彼女は足早に去っていってしまった。

……ふと、僕は足元に何かが落ちているのに気づく。

それは一本のバナナだった。

もしかして彼女が落としたバナナだろうか？

『あの制服、僕と同じ五里ノ宮だよな……。届けたほうがいいのかな？』

そのときの僕は想像もしてなかったのだ。

この一本のバナナが、これから始まる僕の波乱万丈でマッチョフルな高校生活の幕開けになるだなんて——

——ザザッ……ザザザザザッ。

ピ————。

「むううぅぅ……。ま、またフリーズ……！」

　突然に固まったテレビ画面に、彼女――フィフィ・オルバートは顔をしかめた。

　三角帽に黒マントという突飛な恰好に、くすんだ鳶色の髪が特徴の少女である。

　容姿は美少女と言って差し支えない。しかし顔つきはまだ幼く、見た目の年齢的には十歳そこらといったところだった。

　その童顔には、不機嫌そうな仏頂面が張りついている。

「まだ作り込みが甘かった？　もう一度、試してみる」

「……あ、あの。フィーちゃん？　このゲーム、作り込み以前にべつの問題がある気がするんだけど……」

　フィーの隣でゲームのコントローラーを握るもう一人の少女――アリス・カルミシアは、言いにくそうに困惑顔を浮かべた。

　こちらも冗談のような美少女だった。

　年齢は十代中頃ほど。サラリと流れる銀髪に、オドオドとしていかにも気弱そうな雰囲気を漂わせている。その姿は臆病な小動物を彷彿とさせた。


――ゲームショップ【アミューリア】。

二人が今いるのは、その店内だった。

田舎の片隅にありそうな、こぢんまりとしたゲームショップである。

スペースには所狭しと商品棚が置かれ、そこにテレビゲームからカードゲーム、ボードゲームなどの多種多様なゲームが並べられている。

二人はその一角、カウンターの上に載せられたテレビと向き合いながら、古いタイプのカセット式ゲーム機を操作していた。

「問題？　どこに？」

「えっと、その」

ヘソを曲げたように半眼になるフィーにアリスはあわあわと視線を泳がせる。

「と、登場人物が全員、ゴリラさん……な、ところとか？」

「……む。べつにおかしなところ、ない。アリス、逆に考えてみる」

「逆に？」

「普通の学校に主人公ゴリラ一匹だったら――――きっと大騒ぎ」

「うん、それはそうだよね!?」

「ゴリラが授業を受けていても自然にするためには全員をゴリラにするしかない」

「そんな『至極当然の事実』みたいに言われても!?　あ、いや、確かに事実なんだけど。事実なんだけど、なにかベクトル的なものが間違ってる気がするよ！」

薄い胸を張って自信満々に告げるフィーにアリスはプルプルと首を振った。

「な、なら。主人公さんも普通の人間にすればいいんじゃ……？」

「普通？　普通……」

フィーは考え込むようにして店の天井を仰ぐ。

「アリス。普通の学校生活って……なに？」

「ええっ!?」

「フィーは生まれてこのかた、普通の学校生活を経験したことない。『センセー、フィーちゃんだけペアになる子がいませーん。クスクス』と囁かれるタイプの初等教育しか受けてこなかったから……」

「ごめん!?　イヤなこと思い出させちゃってごめんねフィーちゃん！」

ズーンと落ち込み始めるフィーにアリスは慌てて手を振った。

(で、でも。だったら学園舞台の恋愛ゲームなんて作らなければいいんじゃ？)

そう思いつつもアリスは口にできない。

これ以上の地雷を踏み抜く勇気は、残念ながらアリスになかった。

「──まったく。今日も一段と騒がしいわね」

そのとき。

店の裏手に通じる勝手口がカチャリと開いた。

現れたのは金髪碧眼(へきがん)の絶世の美人。

抜群のスタイルにスラリとした長身、クールビューティーを絵に描いたような女性だ。

アリスとは年齢的に一歳ほどしか違わないはずだが、その凛(りん)としたたたずまいも相まって大人びて見える。

「あっ、ティアさん。おはようございます」

「おはよう。二人とも早いわね。開店まではまだ時間はあるんじゃない？」

彼女――ティアは肩を竦(すく)めて【アミューリア】の店内を見回す。

「はい。開店前にフィーちゃんが新しく作ったゲームの試遊をしたいって。一緒にプレイして感想を聞かせてほしいとせがまれまして」

「へぇ？　フィーの作った新作ゲームねぇ」

興味深そうに告げるティアにフィーが振り返ってふんふんと鼻を鳴らす。

「渾身(こんしん)の力作っ。これがうまくいったらさっそくうちのお店に置いて、潰れかけの経済状況を立て直す。一攫千金(いっかくせんきん)！」

「ふーん。随分と自信があるのね。まあ、うちのお店がヤバイのは確かだけど」

やけに古めかしく、寂れた店内を見回し、ティアが深く嘆息する。

今はまだ開店前だが……店が開いたところで大して状況は変わらないだろう。

アリスは苦笑しつつもコクリと頷き返す。

「そうですね。だからこそお客さんが興味を持ってくれる面白いゲームを作らなくては」

「それができたら苦労しないって話でもあるけどね」

ティアは中腰になって二人の背中越しにテレビを覗き込む。

ちょうど画面内では再起動したゲームのオープニングが流れ始めているところだった。

「……『ドキドキ☆ゴリハート』？　これはまた……」

「むぅ！　ティアまでフィーのゲームに文句ある？」

「文句ってわけじゃないけど。そうね、不満点を挙げるとするなら――」

ティアはすっと目を細めて、

「……角で女の子とぶつかる展開は今時ベタすぎじゃないかしら？」

「問題点そこですか⁉」

「なにアリス？　他になにか問題でも？」

「あ、え、その⁉　ほ、本気で言ってるわけじゃないですよね……？」

「冗談よ。一番の問題点は、やっぱり登場人物が全員ゴリラということでしょうね」

ティアは「でも」と言葉を続ける。

「逆に……アリじゃないかしら？」

「ええっ!?」

「考えてもみなさい、アリス。昨今の情報規制は厳しいわ。こういったゲームも有害指定されて、きわどいサービスシーンを挿入しくい環境になりつつある。でも……」

ティアは横に目配せをする。

その視線を受けフィーがハッとしたように頷き返した。

「──ゴリラならばあるいは……!」

「二人のゴリラさんに対する異常な信頼の高さが恐いです!?」

そうツッコミつつも、アリス自身よくわからなくなってきていた。

そもそも自分は『こういうモノ』にあまり詳しくない。

二人が言うなら、それもアリなのでは？　──と。

「ギャルゲーはロマンよ。萌える心があれば種族や法律も覆るし、ラグナロクだって終結するわ」

「そんな規模でですか!?」

「アリス。頭じゃなく魂で感じる。ふぃーる、ゆあ、はーと」

「わ、わたしが間違っているんでしょうか？　ううっ……た、確かに。言われてみると、段々とこの金色ゴリラさんが途轍もない美少女に思えてきました……!」

画面内でポッと頬を赤らめるゴリラ。

アリスは虚ろな目になって、画面のゴリラに向かってふにゃりと微笑む。

これが……萌えという感情？

（はわっ……なんだか頭がボーっとして……こ、心が自然とピョンピョン跳ねるようです！　細かいことはなんかもうどうでもよくなって……ギャルゲーとはこんなにも恐ろしく、すごいものなのですねっ！）

ギャルゲーというものの奥深さをアリスは理解できたような気がした――。


「――って！　ギャルゲーはそんな狂気を孕んだ代物じゃねえよ!?」


バンッ！　と。

勢いよく勝手口を開け放ち、一人の少年が全力でツッコミを入れた。

三人は一斉にそちらを振り返る。

「ソータさん!?」

「あら。生きてたのね、カナギくん」

「ソータ……しぶとい奴」

「なんで『奴は始末したはず……』みたいな空気になってるの!?　この通り生きてるよ！　おかげさまで毎日驚くくらい安穏たる日常を送ってるわ！」

彼——嘉凪爽太は重たいため息をつく。

彼も三人の美少女同様、とんでもない美少年……ということはなく。

昨今では逆にレアなほど、どこまでも普通な少年だった。

容姿に特徴的なものは何一つなく、髪色も日本人の生まれたままである黒。よく言えば馴染みやすく、悪く言えば没個性的な、どこまでも平平凡凡な外見。

爽太自身、平凡すぎる自分がこの三人のとんでも美少女たちの輪の中にいる現在の状況にある種の異様さを感じているのだが……今は置いておく。

「騒がしいと思って廊下で話を聞いていれば、お前たちはなにを揃ってとんでもない境地に行き着こうとしてるんだよ……」

「そ、そんなことないですよ、ソータさんっ！　見てください、このゴリラーヌさんを！　つぶらな瞳ですごく可愛いじゃないですか!!」

「この金色のゴリラ、ゴリラーヌっていうの!?　攻略ヒロインっつーか、某ハンティングゲームに出てくる超攻撃的モンスターにしか見えないんだけど!?」

画面を指さしながら訴えるアリスに爽太は頭を抱える。

アリスの目はすでに正気を失っている感じだった。……ダメだ、完全にゴリラに洗脳されとる。普段は臆病で控えめな彼女だが、一度スイッチが入ると、とことん暴走する悪い癖があった。まあ要するに天然なのである。

どう目を覚まさせたものかと、爽太が悩んでいると。

「そこまで言うならわかったわ。フィーが作ったこのゲームについて議論しましょう」

パンパンと手を打ってティアがそう切り出した。

「議論？」

「ええ。この際だから白黒ハッキリさせましょう。ギャルゲーのヒロインに――ゴリラはアリかナシか？」

「ナシだよ!?　普通に！　何も語るまでもなく！」

「普通？　そう、普通ね」

瞬間、ティアは不敵な笑みを浮かべた。

爽太は「しまった」と思う。

「あなただってわかってるでしょう、カナギくん？　私たちが――あなたの言う『普通』じゃないことを」

ティアの言葉で、アリスとフィーも爽太を見つめてくる。

爽太はグッと奥歯を噛みしめた。

「……わかったよ。付き合ってやる」

「決まりね。ではこれより、我が【アミューリア】の第十八回ゲーム企画会議を開催したいと思いまーす」

「わー」「おー」

宣言するティアに、アリスとフィーがパチパチと拍手をする。

爽太は気持ちを重くしながら、椅子を持ち出して彼女たちと向かい合うように座った。

「で。具体的にはどうするんだ？」

「そうね。いつもの感じでいきましょう」

ティアはピッと指を立てて、

「まず私たち三人が、それぞれの方面からゲームに関する議題を提示する。それに答え、説得できたらカナギくんの勝ち。失敗したら負けってことで」

「……毎回思うんだけど。これって絶対に企画会議じゃないよな？」

「互いにゲームに対する知識と理解を深め合う。立派な会議よ」

爽太の反論を適当に片づけ、ティアは周囲を見回した。

「じゃあ最初は誰から行く？」

「……むぃ。フィーいく」

「オーケー。まずは今回のゲームの制作者であるフィーからね。順番としては妥当ってところかしら？」

フィーはコクリと頷き椅子を少しズラす。

そして爽太の正面に来るように位置取った。

「最初はお前か、チビっ子」

「チビっ子じゃない。ソータ、レディに対して失礼」

「レディにしては、見た目と口調が完全に幼女だぞ？」

「小さいのは、生まれついて背が低いだけ。口調は……人と話すの苦手で……これまでの人生、誰かと話す機会自体があんまりなかった、から……」

「あ、いや。なんかすまん……」

ダメージを受けたように暗いオーラを纏い始めるフィーに、爽太は気まずい顔で謝罪する。……根暗ボッチの扱いはいつだってデリケートなのだ。

「とにかくっ。今は議題！」

「お、おう。そうだな」

「フィーは登場人物がゴリラのほうがいいと思う。後悔はない」

「……ほう。と、言うのは？」

「ゴリラが主人公ならフィクション。学校生活を思い出して辛い思いをすることもない」

「闇が深い！　深すぎるよ!?」

フィーはノソノソと動いて再びゲームのコントローラーをいじり始めた。

「フィー、ゲーム、好き。辛い現実、恥ずかしい過去、全部忘れられる。なにより他人と会話しなくていい。これ、至上。むふっ、むふふふふふふふふふふふふふふ

ふふふふふふふふふふふふふふふふふふふふふふふふふふふふふふふふ………」

「ひぃ!? か、完全にフィーちゃんの闇スイッチが入っちゃいました……!」

「こ、これぱっかりはどうしようもできないわね……」

　卑屈な薄ら笑いを浮かべてゲームをピコピコやるフィーの背中に、アリスとティアも表情を引きつらせてドン引きしている。……ボッチの悲しみは深淵よりも暗く深いのだ。

「ハァ……。フィーがあっちの世界にトリップしちゃったことだし、あの子の議題はひとまず保留にしましょう。次は私が行かせてもらうわ」

　ティアが気を取り直すように爽太の正面へ来た。

　爽太もやれやれと首を振って彼女に向き直る。

「お前もゴリラ賛成派なの？　……ゴリラ賛成派って言葉自体、どうかと思うけど」

「ええ。まあ賛成と言うよりは選択肢の一つとしてアリだと思ってるわ」

　ティアは優雅に髪を払い、妖艶な笑みを向けてくる。

　その色っぽい仕草に爽太は思わずドキリとしてしまった。

　普段はあまり面と向かって話したりはしないが、やはりこいつはとびきりの美人だ。アリスとフィーもそれぞれ可愛い。だが、ティアにはその二人にはない大人の色香みたいなものがあった。

「あら、カナギくん。顔が少し赤いわよ？」

「っ！　あ、赤くねえよ。それより議題だろ議題！」

「ふふっ。まあそういうことにしておいてあげるわ。アリスの嫉妬も恐いしね」

ティアが視線を配ると、アリスがビクンと跳びあがった。

「ちがッ、そんな、ことはっ……」

「えー。ちがうの？」

「あ、え、そのっ。ちが……くはないですけど」

アリスの顔がみるみるうちに真っ赤になっていく。

それでも彼女は決意を固めるようにキッと視線を上げた。

「わたし――これでもソータさんの**お嫁さん**ですし！」

「ぶふぅッ!?」

「なんというか、そのっ……ティアさんにソータさんを誘惑してもらいたくないんですっ」

「ま、待ったアリス！　落ち着いて！」

爽太は慌てて口を挟む。

「そういうのはひとまずナシだって言っただろ!?」

「で、でもっ」

「でもも何もないから！　ナシったらナーシ！　オーケー？」

「……うぅ。はい……」

アリスはしょんぼりしたように俯いた。

ティアはティアで、そんなアリスを見て「いじらしいわぁ」とか言いながら恍惚とした表情を浮かべている。

「ティアお前……わかっててわざと言ったよな？」

「はて。なんのことかしらー？」

「し、白々しい……！」

「まっ、なにはともあれ。話を戻すわよ？」

そう仕切ったティアは再び爽太に向き直った。

今までの緩い雰囲気がなりを潜め、急に真顔になる。

「これは真面目な話。カナギくん、私は思うのよ」

「なにをだよ」

「昨今の創作物全般には——圧倒的にエロ成分が足りない」

「…………すまん。なんか色々と台無しだ」

極上に美人な彼女が急に残念に見えてきた。

それでもティアはめげる様子なくガッと拳を握りしめる。

「そう、そうなの。健全な青少年を育てるための措置だか知らないけど、昨今の行きすぎた情報規制にはもう呆れるしかないわ。なによパンチラすら有害物扱いって。どうせ自分たちは公費でキャバクラ三昧してるくせに。これだから役人は……」

「おーい。なんか危険だからそのへんにしておけ？」

「単なる性的興奮と二次元美少女に対する萌えはまったく別物だわ。二次元美少女とは、いうなれば一個の完成された芸術なの。それをイヤラシイ目で見て、こぞって規制をかけようとするほうがよっぽど不純じゃない！」

珍しく熱っぽく語り始めるティア。

アリスが困惑顔でこそこそと爽太に近づいてきた。

「ティアさんも……スイッチ入っちゃいましたね」

「……ティアの場合はスイッチってより、化けの皮が剥がれた感じだけどな」

ティア・ルーメルは完全無欠の美人だ。

常に冷静沈着で大抵のことはなんでも一人でこなせる。まさに才色兼備。

ただ一つ……二次元美少女にご執心という残念すぎる欠点を除いては。

「だからこそ、ゴリラヒロインも一つの抜け道だと私は思うのよ」

「どんだけ険しい抜け道なの!?」

「ゴリラはいつだって合法的に全裸よ。パンチラとかパンモロとか……彼女らの存在は、そんな些細な問題を超越した先にある」

「先生、超越しすぎてまったく理解が及びません！」

「さながら大自然だけが織りなせる神秘ね」

「一番の神秘はお前の頭だよ!? ……ゴリラだぞ、ゴリラ？ お前はそんな人外極まる二次元美少女を素直に愛せるのか!? 霊長類最強な時点で、それを『美少女』と呼んでいいのかも疑問だけど！」

「甘いわね、カナギくん」

ティアはフッと小さく微笑んでみせる。

「萌えとは、表面的なエロや可愛さではないわ。恥ずかしがって頬を赤らめるその仕草、無邪気に笑いかけてくれるその笑顔、日々の疲れた心を癒してくれるその愛くるしさ……。そんな純真を好きにできる征服感があるからこそ人は興奮するんじゃないハァハァ」

「結局はお前も邪念にまみれまくってるじゃねえか！」

「萌えさえあれば私は美ゴリラだって愛してみせる！ ……あ、でも。主人公がゴリラで、ヒロインは普通の女の子というシチュエーションも捨てがたいわね。野獣の主人公に裸に剥かれて涙目になる彼女たちを想像すると…………うふ、うふふふ」

ダメだ、もう取り返しがつかないラインまでキている。

「つ、次はわたしの番です！」

空気を読んだのか、アリスが必死に挙手をした。

「アリス、無理はするなよ。ティアのあとだとハードル高いだろ。ただでさえ、お前はこういう話題苦手そうだし……」

「大丈夫ですっ。問題ありません！」

アリスは意気込むようにずずいっと身を寄せてくる。

いきなりの急接近に爽太は思わず面喰ってしまった。

「ちょ……!?」

「ソータさん！　わたし、ソータさんにお聞きしたいことがあるんです！」

アリスは真剣な目で爽太を見つめてくる。

「こ、こういうゲームに出てくる女の子は……お、おお、おっぱいが大きい子が多いですけどっ。やっぱりソータさんも、そういう子のほうが好みなんですか……!?」

「へ……はいぃ!?」

突飛な質問に爽太は目を白黒させる。

それでもアリスの顔は真剣だった。時たま不安げに視線を泳がせて、ティアのほうをチラチラと盗み見ている。

もしかして……ティアのことを意識しているのだろうか。

確かにティアのスタイルは核ミサイル級だ。中身も別の意味で核ミサイルだが。

でも、アリスだって体つきが貧相というわけでは決してない。むしろスタイルはかなりいいほうだった。胸だって大きいし、小柄でメリハリがあるぶん、男好みしそうなのはティアよりもアリスだと思う。

それでもやはり——女子という生物は、単純な胸の大きさの優劣でコンプレックスを抱いてしまうものなのだろうか？

（……って！　なにを大真面目に考えてるんだ、俺は!?）

爽太はハッとして首を振った。

その間もアリスはグイグイと迫ってくる。

「答えてください、ソータさんっ」

「待て待て！　なんか議題から脱線してないかッ？」

「いいじゃない。答えてあげなさいよ、カナギくん」

ティアがクスクスと笑って面白がるように二人を眺める。

気づけば、フィーもゲームの手を止めて耳をそばだてていた。

……並べられた三つの議題。

ギャルゲーについての、彼女たちの問い。

爽太はげんなりとして天井を仰ぐ。

こんなことを大真面目に話してどうなる？

恥ずかしいだけだ。虚（むな）しいだけだ。

ゲームなんて……しょせんは遊びなのだから。

「…………」

それでも。

こちらを見る三人の少女の目は真剣そのものだった。

それはもう、眩しいくらいに。

爽太はやれやれと大きなため息を吐く。

「答えは一つだよ」

「「「……？」」」

「フィーの現実逃避も、ティアの支配願望も、アリスの疑問も。結局、行きつくところは同じだ。だからこそ、恋愛シミュレーションなんて一見すると益体のないものが、一つの『ゲーム』として成立する」

爽太はバツが悪そうに頭を掻いて、三人の少女を見回す。

「シミュレーションとか銘打ってるけどさ。プレイヤーの誰しもが、ギャルゲーの知識を現実の恋愛に活かせるとは思っちゃいない。なのに需要がある。それはなんでだ？」

「えっと……」

「答えは簡単。現実では活かせない欲求や願望を、すべて叶えてくれるからだ。ギャルゲーは届きそうで届かない憧れのシチュエーションを充足してくれる」

現実では楽しくない学校生活も。

思うようにはいってくれない人間関係も。

絶対にありえないような、巨乳美少女との運命の出会いも。

すべてがすべて、『ゲーム』だから叶えてくれる。

それはまったく益体もない。生産性もなければ、人生の役にだって立たない。

悔しいことに……だからこそのゲームなのである。

「優先されるのは『自己投影』と『感情移入』。それがギャルゲーの楽しみ方なんだよ。ストーリー性のあるゲーム全般にも言えることだが、身近な恋愛という題材を取り扱うギャルゲーは特にその傾向が強い。自分もこんな主人公になりたい、こんな可愛い女の子と付き合いたい……プレイヤーの原動力となるのはそういう想いだからな」

爽太は小さく肩を竦めて。

「だから、フィクションでありながら、完全なフィクションじゃいけない。主人公やヒロインはただカッコよくて可愛いだけじゃなく、プレイヤーが共感できるものじゃなきゃいけない。登場人物がゴリラじゃそれもままならないだろ？」

「………むぅ。わかった」

爽太の言葉に、フィーが不承不承ながらもそう応じた。

アリスとティアも顔を見合わせ頷く。

「お見事。今回の議題もカナギくんの勝ちみたいね」

「何度も言うけど、べつに勝負してるわけじゃないからな。大体、こんなこと説明しなくても普通わかると――」

「すごいです、ソータさんっ！」

呆(あき)れ半分に告げようとした爽太(そうた)の手を、アリスが興奮した様子で握ってきた。

ふにっと伝わってくる柔らかな感触。

とたん、爽太は雷に打たれたように全身を痙攣(けいれん)させる。

「ア、アリス――⁉」

「わたし、感動しました！　やはりゲームというのはとても奥深いものなのですねっ。ソータさんのお話を聞くたび、わたしはいつも勉強ばかりです！」

「わ、わかったから。か、顔が近い……！」

「ふぇ？　……ひゃうぅ⁉」

ようやく互いの距離の近さに気づいたのか、アリスが顔を真っ赤にして飛び退(との)く。

爽太もゼィゼィと息を切らして椅子の背もたれに寄りかかった。

「……ソータ、へたれ」

「ギャルゲーについてあれだけ偉そうに語ってたくせにねぇ」

「う、うるせえ！　べつに俺はギャルゲーマニアってわけじゃないからな⁉　そもそもゲームが嫌いだ！　あんな生産性のないもの、好んでやるのはオタクしかいない！」

　爽太は腕をブンブンと振って抗議する。

　ギャルゲー好きなんて、それだけで不名誉だ。いや、ギャルゲーだけじゃない。この歳でゲームなんてものにうつつを抜かすこと自体、ダサいオタクの象徴のようなものだった。

　少なくとも――爽太が育ってきた世界の常識では。

　しかし……。

「謙遜しないでください、ソータさん。あれだけ語れるなんて、ソータさんはギャルゲーマニアなんでしょう？　すごいです！」

「――ぐはぁっ!?」

「うん。フィーも、いつかソータみたいな立派なギャルゲーマニアになりたい」

「ぬぐあああっ!?」

「夜中に一人でシコシコしてるのね。このギャルゲーマニア」

「げふぅ!?　――って、お前だけ普通の罵倒じゃねえか！」

「気のせいよ」

　爽太の常識とは裏腹に、ギャルゲーマニアという言葉を尊敬の対象のように言う少女たち（一部例外を除く）。

　爽太は多大な精神的ダメージを負いながら椅子から立ち上がった。

そして、フラフラと窓際に寄る。
(……ああ、どうしてこうなった)
辟易(へきえき)としながら窓の外を見やる。

——目に飛び込んできたのは中世ヨーロッパ風の街並み。

近代的なビルディングは見あたらない。
遥(はる)か遠くには連なる山々が確認できる。
……そのとき、フッと。
爽太(そうた)の視界に、巨大な影がよぎった。
大空を横断するように深紅の翼がバサバサとはためく。
『ギャオオオオオオオオオオオオオオッ!!』
地を揺るがす咆哮(ほうこう)。
爽太は真っ白に固まりながら、その光景を眺める。
(あ、ありえねえ……!)
必死に否定してみても目の前の現実は変わらない。
爽太はそろそろと背後を振り返る。

――アリスの白銀の長髪からピンと覗く、愛らしいトンガリ耳。

――フィーの三角帽からもふっと飛び出した、柔らかそうな獣耳。

――ティアの背からフワリとはためく、純白の翼。


そう……彼女たちは、普通じゃない。

そして、この世界も普通じゃない。

――魔法大国ヘルトハイス。大空には巨大なドラゴンが飛び交い、亜人種が当然のように街で暮らす、正真正銘の剣と魔法の異世界。

この国では今――魔道具を応用して作られた『ゲーム』と呼ばれる娯楽が大流行している。各マジックショップはこぞってオリジナルのゲームを開発し、売り出し、日夜ゲームについての研究が進められているという現状だ。

そんな異質の異世界にて。

たまたまゲームの文化が発展している地球から飛ばされてきた爽太は――この店、マジックショップ【アミューリア】のスタッフとして雇われている。

異世界な時点でゲームよりファンタジーだろ……みたいなツッコミはさておき。

一番の問題は、もっと他にあった。

「でも……いいと思ったのに。ゴリラ」

そのとき、フィーがポツリと呟(つぶや)く。

爽太(そうた)がギクリと身を震わせるその横で、アリスとティアがしみじみと頷(うなず)いた。

「確かに。アイディアは斬新だったわね」

「はい。ゴリラーヌさん、可愛(かわい)かったですし」

「お、おい？」

爽太の顔からサァっと血の気が引いていく。

それを余所(よそ)に、三人の少女は決意を固めたように頷き合った。

「いいじゃない、フィー。もう一度作り直してみれば？　うまくいったかどうかはカナギくんに判断させればいいのだし。ゴリラのギャルゲー」

「そうですねっ。今度はわたしも手伝いますよ、フィーちゃん。ゴリラのギャルゲー！」

「……うん。今度こそソータをあっと言わせるものにしてみせる。ゴリラのギャルゲー」

「いやいや!?　だからゴリラの時点でアウトなんだよ！」

「「「あるいはゴリラならば……！」」」

「ワンチャンもねえよ!?」

文明、文化とは、常に発展していくものである。

ただし、その道は長く険しく、多くの挑戦と失敗を乗り越えなければならない。

かつての地球にも商品と呼べないレベルの不出来(ふでき)なゲームが数多くあった。今の完成されたシステマティックなゲームがあるのは、ひとえにそれら歴史の積み重ねによるものだ。

そして……この世界のゲーム文化はまだ浅い。

要するに、アレなのだ。

この世界は――しょうもないクソゲーで溢(あふ)れかえっている。

「お前ら、もっと真面目に考えろおおおおおおおおおおおおおおおおおおおおおおッ!!」

これは、ひょんなことから異世界にやってきてしまった少年が――。

べつに大冒険に興じるでも、世界の危機を救うわけでもなく。

ひたすらクソゲーばかりを量産するポンコツスタッフたちと、ゲームを作ったり遊んだり、ゲームについてくだらない談義で盛り上がったりする――異質で平凡な、ただの日常劇である。

Date.0　少年の回想　～リアルの終わりと無理やりコンティニュー～

失ったものは二度と戻ってこない。

残酷なことに、この世界はそういう定理の下に回っている。

幼い頃に抱いていた、未来への希望も。

別れた恋人との、大切だったひとときも。

一世一代で築き上げた、過去の栄光も。


――ネットゲームに費やした、一千超時間近くの貴重な青春時代も。


後悔先に立たず……と、昔の偉い人はことわざを残したが。

まったくもってその通りで、かく言うこの俺――嘉凪爽太（かなぎそうた）も、その教訓を痛いほどに噛（か）みしめている一人だった。

……中学時代はまさに「暗黒」の一言に尽きる。

たまたま当時稼働したばかりのネトゲに触れてしまい、リアルそっちのけでどっぷりとハマって、文字通り人生のすべてを捧げていた。

　クラスの連中が文化祭の催しについて楽しそうに話し合っている最中、俺は自室に引きこもってネトゲ仲間と難関ボス攻略について熱心に語り合っていた。皆が『明日は最高の文化祭にしようね！』と一致団結している一方、俺は『フレーム回避余裕ですぞｗｗｗ』と顔の見えないタイプのお友達と無意味に煽り合っていた。思い出すだけでも軽く百回くらいは三途の川を遊泳したい気分になる。

　んでもって、その結果に何かが得られたのかと訊かれれば。

　いやまあ、当然のことながら特になにもなくて。

　青春を謳歌しているリア充どもを見て、「爆発すればいい！」とひたすら恨み言を叫ぶ暗澹たる日々だけが、こうして残ってしまったわけである。

　これが真の廃ゲーマーだったら、ゲームが自分の世界だと開き直れたんだろうけど。

　残念ながら、俺にはそれだけの気概がなかった。

　そもそも、ゲームにすべてをつぎ込めるほどゲーム狂ってわけでもない。

　プレイスキルは低いほうだし、リアル友達もいなく、他にやることがないからズルズルと続けてしまっていただけだ。アニメやラノベの主人公のように「現実は冴えないけど、ゲーム内では超人的」なんて特別な星の下に生まれたわけでもない。現実はいつだって非情なのだ。

そんな経緯も相まって。

中学を卒業した俺は、今までの自分を悔い改めようと決心した。

しかし、高校デビューをするにも準備は必要だ。手始めにパソコンのネトゲのデータをすべて消去し、自室を埋め尽くしていたゲームや漫画を片っ端から売り払った。

さすがに中学時代のすべてを捧げたネトゲのデータを消去する瞬間は眩暈(めまい)すら覚えたが、思いきってやってみると意外にスッキリした気持ちだった。

後悔はない。

正しい選択、やれるだけのことはやった。

そして高校生活でこそ——。

俺は、新しい自分に生まれ変わるのだ。


「よし、完璧だ……！」


洗面所の鏡の前で身だしなみをチェックし、俺は深く頷(うなず)いた。

髪のセッティング、よし！

だらしない猫背の矯正、よし！

世間を直視しようとしない伏し目がちな視線の角度補正、よし！

自分の外見から思い当たるオタク要素を徹底的に排除し、そして得心する。これならば生来のリア充として誤魔化しつつ、高校でもうまくやっていけるだろう。

「──くあぁぁぁっ。おはよう、にぃ、ちゃ……ん？」

そのとき。

欠伸まじりに洗面所へ入ってきた少女が、そのポーズのままで動きをフリーズさせた。

完全に固まってしまった実の妹に、俺は振り返りつつ軽く手を上げる。

「おう、麻衣。爽やかな朝だな。新学期の始まりにふさわしい」

「……にぃちゃん。朝っぱらからなにやってんの？」

「なにって。身だしなみチェックだよ。年頃の男子として最低限のたしなみだろ？」

「まーた、えらくらしくないことを……」

麻衣は深いため息を吐いた。

俺の隣に立ち、鏡の前で難しい顔をしてみせる。

……こうして兄妹で並び立ってみると、意外に身長差はない。

麻衣は女子にしては身長が高いほうで、こう見えてバレー部のキャプテンをやっていた。

兄の俺としては少し複雑な気持ちだ。小さい頃はもっと差があったはずなのに。

「あのさ、にぃちゃん。本気でやるつもりなの？　……その、高校デビュー」

っと、麻衣が言いづらそうに訊ねてくる。

俺は横目を送って、コクリと首肯した。

「ああ。お前だって、俺が引きこもりのゲームオタクより、普通の頼れる兄貴になったほうが嬉しいだろ？」

「うーん。そう……なのかな？　あたしにはよくわかんないけど。どちらかと言えばあたしは、慣れないことをしようとしている兄の行く末がとても心配デス」

麻衣は眉を八の字にして、曖昧に首を傾げてみせる。

まるで頼りない弟を心配する姉のような仕草だ。年齢的には二つ下のはずなのだが、この妹は昔から俺と違い優秀で、妙に大人びたところがあった。

「心配するなよ。攻略法はちゃんと練ってあるから」

「攻略法？」

「手始めに、席の近いクラスメイト男子に話しかけるところからスタートする。友達づくりには積極性のスキルが必要不可欠だからな。この際に気をつけたいのは、女子を相手に選ばないことだ。元々がゲームオタクの俺は対人慣れしていない影響で、絶対に勘違いのバッドステータスにかかってしまう。女友達ボス戦はリアルに少しずつ慣れてから攻略しようと思うんだ」

「……なんでだろ。とても理論的なのに、すでに失敗する空気しか感じない」

「堅実な高校生活を送るためのプランは完璧だ。すでにリア充が好むであろう話題の情報収集も済ませてある。あとは学校に行って、クエストを消化するだけだ！」

「にぃちゃんにぃちゃん。さっきから言動の端々が危ういよ？　あたしにはにぃちゃんがゲームオタクを脱せられる未来が一ミリたりとも想像できないよ……」

　絶望するように項垂れる麻衣。

　確かに。俺の思考がゲーム寄りになってしまっているのは否めない。

　だが、それも一時の後遺症のようなものだろう。

　俺はこれからリア充になるのだから、なにも問題ない。

「平気だ。任せろ」

「……その自信は果たしてどこからくるのやら。……はぁ。まあ新しい学校生活に向けて、決意を改めるのは結構なことなんだけどさ？」

　麻衣は浅く息を吐くと、洗面台に両手をつく。

「……べつに。ゲームをしてるにぃちゃんはにぃちゃんで、嫌いじゃなかったけど」

「えっ？」

「にぃちゃんさ。ゲームをやめようと思った理由って、やっぱりあのことに関係して――」

　麻衣が言いかけた、そのとき。

　俺の視界の隅に、壁掛け時計の時間が映った。

「っ！　もうこんな時間か！」

「にぃちゃん？」

「新入生は早めに登校しなきゃいけないんだよ」

俺は足下に置いていた通学鞄(かばん)をひょいと拾い上げる。

「登校初日から遅刻するわけにはいかないからさ。行ってくる」

「ちょ、にぃちゃん……」

「じゃあな、麻衣。母さんにもよろしく」

何か言いたげにする麻衣に背を向けて、俺は足早に自宅を後にした。


外に出ると、空はどんよりと曇っていた。

今年は暖冬の影響とかで、近所の桜並木も半分くらい散ってしまっている。

うららかな日差しの中、満開の桜の下で輝かしい高校生活初日を迎える……なんてドラマじみたシチュエーションとは、程遠い現実だ。

「まっ、現実なんてこんなもんだよな……」

そう、この光景のほうがずっと現実らしい。

都合よく桜は満開にならない……というか、そもそも立派な桜並木なんて近所にはない。

入学式当日が晴れるとは限らないし、角で美少女とぶつかる奇跡とか絶対ありえない。

現実は常にランダムで、しかも外れ要素が多く、基本的には退屈だ。ドラマなんて、ゲームの中でこそ起こりうる奇跡や願望で構成されているものなのだから。

「……っと、いかんいかん。ゲームと現実を本気で比較してどうする。なんでもゲームに結びつけようとするのは、俺の悪い癖だな……」

慌てて思考を切り替える。

それから気持ちを新たに、最寄り駅までの道を歩きだした。

小道から大通りに抜けると、一気に人通りが増える。

駅前の広場では、俺と同じ学校の制服を着た新入生らしき男女を何人か見かけた。

どうやら顔見知り同士で待ち合わせをしていたらしく、大勢でワイワイキャッキャと騒いでいる。その光景にトラウマを抉られたような気がして、俺は慌てて視線を逸らした。

……くっ、落ち着け。

大丈夫、俺の高校生活はこれからだ。これから形作っていけばいい。

自分自身にそう言い聞かせ、惨めな気分を振り払う。

これ以上あのリア充どもを好き好んで眺める必要性も感じなかったので、早々に駅改札へ足を向けようとした。

――そのときだ。

（…………え？）

瞬間的に思考が混乱した。

不意に――視界の隅に、あるものが映り込んだのだ。

駅前広場に面した大通り。

その向こうから、大型のトラックが猛スピードで突っ走ってきていた。

明らかに様子がおかしい。挙動がフラフラで、どこか安定していない。

……そして、俺の背筋に悪寒が走った。

虫の知らせとでも言うのだろうか。最悪なことに、こういう勘ってのは大抵当たる。

そうこうしている間に、トラックがキュルキュルとタイヤの摩擦音を響かせて、歩道へ大きく乗り上げてくる。

「きゃあああああああっ!?」

「な、なんだ？」

「危ない！　逃げろ！」

通行人から次々に悲鳴が上がった。

駅前広場へと突っ込んでくる一台の大型トラック。

その進路方向には――先ほど見かけた新入生の集団がいて。

「……ッ！」

自分でも、ほぼ無意識の行動だった。

気づけば俺は、新入生の集団に全速力で駆け寄っていた。

ショックで呆然と立ち尽くす女子生徒一人を思いっきり突き飛ばす。他の連中もドミノ式で巻き込むように、トラックの進路方向から外した。

だが、必然的にトラックの前には俺自身がさらされる形となる。

唸りを上げて迫る大型の影。

おそらくは人生の終わりであろう、その瞬間。

俺は——泣くでも絶望するでもなく。

思わず自嘲気味に笑ってしまっていた。

こんな冗談みたいな結末が……俺の最期なのか。

現実の厳しさを知って、ゲームの世界から足を洗おうと決意した、まさにその矢先に。

トラックに轢かれるとか、ベタベタでドラマティックな終わりを迎えるだなんて。

これでもし、異世界に飛んだりしたらどうしようか——と。

そんな非現実なこと。

最後の最後まで考えてしまう自分に、ほとほと呆れた。


——グシャッ！

○●○●

「……ここはどこだ？」

目を覚ました時、俺はどこともわからない真っ黒な場所にいた。

本当にただ黒いだけの場所で、他には何もない。

しかし不思議と、自分の体はちゃんと見える。

この世のものとは思えない、そんな訳のわからない空間だった。


「…………」


でも……なんだろうか？

ものすごい既視感があるんですけど。

いや、過去にこの場所を訪れた経験があるわけじゃないんだが……似たようなシチュエーションに覚えがあるというか……。

「…………マ、マジか？」

思いついたとたん、ブワッと冷や汗が噴き出る。

……確かに俺は死んだはずだ。トラックに轢かれて。

だが今こうして、平然と不思議空間に座っている。

この現象を説明できる理屈はたった一つだ。

認めたくない、たった一つの現実だ。

（なんかアニメやラノベでよく見るシーンと同じなんですけどぉぉぉぉぉお……！）

なんという非現実。

運悪くトラックに轢かれて？　死後の世界に導かれて？

それで……神様的なモノに慈悲をかけられ、異世界に飛んだり飛ばなかったり？

うん、お約束だね。お約束。

――……いや、ありえねえだろッ!?

「お、おおおお落ち着け！　俺は現実に生きる人間だッ。二次元世界の住人なんかじゃあ断じてない。その俺がフィクションの王道たる異世界転生に巻き込まれる？　はッ、バカバカしい！　そそそそうだっ、こここここれは夢に違いない……！」

「――いいえ。残念ながら現実よ」

ふと、あたり一帯に声が響いた。

ちょうど真上から、まばゆい光が差し込んでくる。

くっ、なんだこの神々しい光は……!?

まるで神様とか大天使とか、そういう高尚な存在が舞い降りてくる前兆のような――！

――俺の前に、羽衣を纏った四十代くらいのオッサンが舞い降りた。

「化け物ッ!?」

「失礼ね!?　こう見えてもアタシは女神よ!?」

「女神ッ!?　う、うううううそつけ！　女神ってよりも、どちらかと言えばラストダンジョンの最奥で待ち構えている大魔王…………いや、大魔王第二形態っぽいぞ!?」

「なんでわざわざ第二形態に言い直したの!?　ちょっとぉん！　さすがのアミュールも、そこまで全力で人外扱いされると傷ついちゃうん！」

オッサンはクネクネと身をよじらせる。

その姿は一言におぞましい。

だが、俺のほうも状況がよくわかっていない以上、オッサンのおぞましい唇から放たれたおぞましい言葉をおぞましいけど嘘とも断じることができなかった。

「……おぞましい言いすぎじゃない？　本気で帰るわよ？」

こめかみをヒクつかせながらも、オッサンはこちらにツカツカと歩み寄ってくる。

「改めまして、嘉凪爽太クン？　アタシは女神アミュール。数多ある世界を管理する神々のうちの一柱よ。死んだあなたを導くために絶対神から遣わされたナビゲーター……とでも思ってちょうだい」

「…………」

自己紹介をしてくれる女神とやらに、俺はクルリと背を向けた。

そのまま地面に両手をついて。

「――――ゲボロロロロロロッ」

「まさかの嘔吐(おうと)!?」

「ず、ずまん……いきなりの非現実に、俺の心が拒絶反応を示したみたいで……」

ありえない、ありえない、ありえない。

こんなのフィクションの中だけで起こりうる現象のはずだ。

……罠(わな)だ。これは誰かが仕掛けた罠に違いない！

俺はゲロにまみれた口元を拭いつつ、立ち上がった。

「知っているか、女神様？　現実に神なんて…………存在しないんだよ？」

「女神のアタシにそれを言うの!?」

「さあ、大人しく白状してほしい。監視カメラはどこにあるんだ？　純朴な思春期男子の心を弄(もてあそ)ぼうだなんて最近のテレビは趣味が悪すぎるって」

「な、なんなの、この子……」

女神は頭痛を覚えたように、こめかみに手を当てた。

「ああもう……変わった人間の担当になっちゃったわねん。中間管理職も楽じゃないわ」

面倒な客に当たってしまった、自動車教習所の教官みたいな顔をされた。

なんだ。俺のなにがおかしいというんだ。

いいから早くドッキリの看板を出してくださいお願いします。

「はぁ。とにかく話がややこしくなるから、ドッキリとでも何とでも勝手に思ってくれていいわん。だけど、アタシの話だけは真面目に聞いてちょうだい」

「……話？」

「嘉凪爽太（かなぎそうた）クン。あなたは厳選なる抽選の結果、十万人に一人の『転生者』の権利を獲得した。あなたはあなたという存在のまま、今までとはまったく違う異世界に飛ぶことが許されている」

事務的な口調で告げた女神は、俺のことをまじまじと眺めた。

「数十年に一度。アタシたちが管理する数多の世界の中で、魂のバランスが大きく崩れることがあるの。そのバランスを維持するために設けられた制度が『転生者』。さっき死んだあなたはその権利者として選ばれて、ここに至るのよ。

もちろん、危険な異世界にそのまま放り出すなんて無慈悲なことはしないわ。転生者に簡単に死なれたら、せっかく整えたバランスがまた崩れちゃうからねぇ。そこで、アタシたちは転生者が望む才能を一つだけ与えてあげる決まりになっているのよん」

「の、望む才能？」

目を剥く俺に、女神はコクリと頷いた。

「なんでもいいわよ。あなたが欲する力を言ってみなさい？」

「………」

俺は、そっと目を閉じた。

なるほど。実にわかりやすい展開だ。

俺の知るフィクションとなんら変わりない。

ならば、俺の答えは決まっていた。

「——断固拒否するッッッ!!!」

「えええええええええええええええええええええッ!?」

俺の力強い返事に、厳粛な顔をしていた女神がとたんショックを受けたみたいに叫ぶ。

「えっ？　ちょっとウソでしょ？　えっ？　即答で拒否ってどゆこと？」

「そのままの意味だよ。俺は固い意志でもって、異世界転生を拒否する！」

「おかしくない？　こういうのって普通、喜んで飛びつくものじゃないの？　だって人生のよ？」

ファンタジックな世界に飛ばしてあげたり、便利なチート能力を授けてあげたりもできるのやり直しよ？　強くてニューゲームよ？　あなたが望むなら、魔法やスキルの存在する

必死に言い寄ってくる女神。

それを撥ね退けるように、俺はフッと自嘲気味な笑みを浮かべた。

「異世界？　スキル？　チート能力？　……確かに、少し前の俺ならホイホイと釣られていたかもしれない。でも、今の俺は反省したんだ。堅実に生きるのが一番だって」

――人生なんてクソゲーだ。

かの伝説的なゲーマーたる兄妹は、そう言った。

だが、それは特異な才能と思考を持った人間だからこそ成り立つ格言なのだ。平凡で凡庸で平均以下の俺には、普通の人生を切り捨てるなんて選択、あまりにも荷が重すぎる。

仮に、チート能力とやらを得て、異世界に飛んだとしよう。

元来が勘違いしやすく、調子に乗りやすいオタク気質の俺は、ほぼ百パーの確率でその力に溺れることだろう。勇者として世界を救うどころか、能力にかまけて闇オチする未来が目に見えている。

「……それで、のちに現れる真の勇者と対峙するんだ。そのときの俺はきっと、勘違いの中二全開で『フハハ！　我が力の前にひれ伏すがいい、愚民よ！』とかドヤ顔で言っちゃ

う感じの痛い奴になり果てているだろう……。しかし、新たな力に目覚めた勇者の前には雑魚も同然。結局は噛ませ犬として瞬殺されて、己の黒歴史にまた死にたくなる一ページを追加するハメにぃ……ッ！」

「……異世界に否定的な割には、想像力が無駄に豊かね」

「結論として！　世の中にいる大体のダメ人間は、世間じゃなく自分が悪いんだ！　異世界に逃げたって、ダメ人間はダメ人間のままなんだよ！　悲しいことにッ！　ゲームに現実逃避した結果、ロクでもない運命を辿ったこの俺が生き証人だからッ!!」

「そ、そこまで自分を卑下しなくても……」

血涙を流さんばかりの勢いの俺に、女神は思いっきりドン引いていた。……だって、しようがないでしょうよぉッ!?　世の中には否定したくても否定できない、エンドレスジレンマみたいな地獄が存在するんだよ！『現実』って言う名のな！

「だからこそ、俺は異世界転生とか、ゲームっぽいシステムのある新しい人生なんかには、これっぽっちも興味ない！　むしろ異世界に行ったら負けかな？　と思っている！」

「こ、この子、面倒くさいわあああ……！　完全に女神泣かせなんだけど！」

女神は本格的に頭を抱え始めた。

俺は構うことなくパタパタと手を振る。

「そういうことで。もし転生させてくれるってなら、普通の世界にしてほしい。できるだけ地球っぽいやつで。そこで普通に生きるから」

　これ以上、黒歴史を生成するのは勘弁だ。

　ああいや。もちろん本気で異世界に転生できるなんて思っちゃいないけど。

　それにしても、手の込んだドッキリだよなー。でも、そろそろ解放してくれないと、せっかく真面目にやり直すと決めた高校生活の初日に遅刻してしまうぞ……。

　どこかに出口はないかとキョロキョロしていると、女神が不意に顔を上げた。

「……わかったわん。そこまで言うなら、あなたの望みに叶った世界に飛ばしてあげる」

「へ？　……いやいや。その小芝居、いつまで続ける気だよ？」

　俺の反応が面白くなかったのはわかるけど、いい加減にしつこい。

　最近のテレビは性質が悪いな、まったく。

　さて、舞台セットの出口はどーこかなー？

「現実的で、普通っぽい世界ねぇ。うーん、アタシが管理する大体の異世界には魔法とか勇者とか魔王が存在するから、中々に難しい注文だわん。……あっ、でも。あそこなんかピッタリじゃないかしらん？」

　何かを思いついたふうの女神が、ポンと両手を打つ。

　瞬間、俺の足元に魔法陣みたいな幾何学模様が浮かび上がった。

「えっ？」

な、なんぞこれ？

なんか体が勝手に地面へ沈み始めたんですけど？

現実的に考えて、ありえない現象なんですけどぉ!?

「それじゃあ、新しい人生を楽しむのよ～」

「ちょ!?　ちょっと待ってええええええ――――――――――――ッ!!」

体が完全に地面へ沈んで。

俺の意識は………そこで途切れた。

○　●　○　●

「うっ……」

再び目覚めたときは、頭痛が酷かった。

頭をクラクラとさせながら上半身を起こす。

「えっと……俺は……？」

少し混乱しつつも、思考を巡らせる。

確か……女神とか名乗るオッサンに出会って、魔法陣みたいのに呑み込まれて。

「っ！　そうだ、ここはどこなんだ!?」

慌てて周囲を見回す。

場所は——どうやら建物の中みたいだった。

木造の一室で、部屋と呼ぶにはやや広い印象を受ける。スペースには棚がズラリと置かれていた。奥のほうには、カウンターのような台座も見受けられる。

「……ゲームショップ？」

どこか古めかしくて、そしてどこか懐かしい。

田舎の片隅にあるような、小さなゲームショップみたいだった。

「なんで俺、ゲームショップなんかに……？」

訝しみながらも、俺は手前にあった棚に視線を走らせる。

棚に並べられていたのは、見たこともないような商品の数々だ。

おそらくはゲームの一種……だと思う。たぶん。カードタイプやボードタイプなど、多種多様なものが揃っている。

「とにかく……普通に地球っぽいな。よ、よかった……」

ひとまず、俺はホッと息を吐いた。

あの女神の口ぶりでは、てっきり異世界に飛ばされるものとばかり思っていたが。そんな非現実は絶対に御免だ。それだけでも救われた気がする。

そもそも……あれは本当に現実だったのか？

よくわからない。まだ完全に状況が呑み込めていないのが正直なところだ。

ブツブツと呟いて考え込んでいた、そのとき――。


「――そ、そこに誰かいるんですか？」


手前の棚の奥から、鈴を転がしたような声が響いてきた。

俺はビクリと身を震わせる。棚の陰に隠れて見えなかったが、そこに誰かいたらしい。

「あ、あなたは？」

すると、棚の陰からひょっこりと女の子が顔を覗かせた。

非常に綺麗な顔立ちをした女の子で――冗談みたいな美少女だった。

俺は思わず息を呑む。

なんだ、この子？　こんな美少女が現実に存在していいのか？

正直、目を疑った。少女のあまりの美貌に驚く一方で――しかし、俺が一番に注目してしまったのは、そこじゃなく。

「…………ッ！」

サラサラと流れる、美しい白銀の髪。

加えてピンと尖った、可愛らしい両耳。

そのすべてが非現実であり。

そう、彼女の姿はまさに——。

「あ、あの……？」

「——エ」

「ふえっ？　……エ？」

「エッ、エッ、エエエエエエルフ美少女ぶくぶくぶくぶくぶく……」

「きゃああああっ⁉　何故にいきなり白目で卒倒をッ⁉　だ、だだだだ大丈夫ですかっ⁉　誰かッ、誰か来てええええええええええええっ‼」

泡を吹いて気絶する俺に、少女が叫ぶのが聞こえた。

……ありえない、ありえない。

こんな非現実、絶対にありえなああああああああああああいッ‼

……そんなこんなで。

普通こそを至上とする少年——嘉凪爽太は、望んですらいない異世界転生を果たしてしまったのだった。

～あみゅ～りあの日常　その1～

ORE NO TEN-I SHITA ISEKAI GA KUSO-GE NENKAN TAISYO

アリス｜ソータさんは別の世界から来た人間さんなんですよね？

ソータ｜ん？　まあそうだな

アリス｜すごいです！　まるでゲームみたいなお話ですねっ

ソータ｜俺も最初はかなり混乱したけどな。でも、こっちの世界に『ゲーム』みたいな現代娯楽が存在することのほうが、もっと驚きだったよ

アリス｜ほえ？　そうですか？　ヘルトハイスに住むわたしにはよくわからないですけど……

ソータ｜あー……確かにそうなるか

アリス｜ソータさんが元いた世界はどんな場所だったんです？

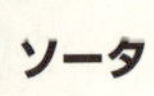

ソータ｜普通の場所だったよ。魔法はなくて、代わりに科学とか電気で動く機械があった。ゲーム機もその一種だな

アリス｜科学と電気！　すごい、ゲームの中でしか出てこない架空の力です！　ソータさんの元いた世界はファンタジーなんですねっ

ソータ｜うん⁉　異世界人に言われるとすごい違和感があるな！

to be continued.

Date.2　異世界のゲーム屋さん

魔法大国ヘルトハイス——。

魔法文化を中心に発展し、人族の王が統治する大陸屈指の巨大国家である。

十年ほど前までは亜人種との戦争に明け暮れていたが、今は両者共に和解し、人族と亜人種が共存して暮らす平和な街並みが国中で見受けられる。

しかし、一方で。

戦争が終結し、平和を手にした人々は……暇を持て余していた。

それまでは他国との戦いのために魔法の腕を磨き、研鑽を重ねることだけに従事してきたのだから、当然とも言える。

人々は求めた。この暇を埋める『娯楽』を。

そして思いついたのだ。磨いた魔法の腕を使い、その『娯楽』を作り出す術を。

人々はそれらを『ゲーム』と呼び、娯楽に飢えたこの国の新たなる商売として大いに注目を集めた。各マジックショップは独自のゲーム開発に着手し始め、互いに激しくしのぎを削り合うに至る。

——その一角。

とある街の片隅にある、とある小さなマジックショップでは。

今日も今日とて、『ゲーム』に対する考察と研究が進められていた——。


「……手札（カード）オープン」


金髪碧眼（へきがん）の美少女——ティア・ルーメルが静かに告げる。

手に持った五枚のカード。彼女はそれを一枚ずつ木製のカウンターに並べていく。

カードの表面には、ルーン文字で組まれた複雑怪奇な魔法陣が刻まれていた。

「『狂気に嗤（わら）う狼（おおかみ）』『淫靡（いんび）な吸血鬼』『深淵（しんえん）より来たり悪鬼』『泥に溺れる娼婦（しょうふ）』『血塗られた月夜』。彼（か）の者たちが紡ぐは【支配と蹂躙（じゅうりん）】。我が求めに応じ顕現（けんげん）なさい——『婀娜（あだ）の女帝エキドナ』！」

桜色の唇から文言が唱えられ、カードに描かれた陣が激しい光を放った。

瞬間、ティアの背後から赤錆（さ）びた鉄門が現れる。

『——あああぁ……ああああああアアアアアアアアアアアアアアアアアアアアアアアアアアアア……ッ!!』

深淵の奥底から響く慟哭（どうこく）。

重い軋みを上げて開かれた鉄門より、露出した女の上半身がズルズルと這い出してくる。

その姿は妖艶でありながら限りなく邪悪。万物の畏怖を誘うような美貌を備えていた。

「……むぅ」

その壮絶な光景を目の当たりにしながら、カウンターを挟んで対面に座る小柄な少女
──フィフィ・オルバートは、冷静に三角帽のつばを押さえる。

彼女もまた、手に持った五枚のカードを表向きでカウンターに並べた。

「……『暴虐の将』『失墜せし流星』『躍る死体袋』『虚偽を映す水鏡』『闇を喰らう大蛇』。

紡がれるのは【奈落と暗黒】。狂い嘆き出でよ────『屍王プレタ』」

『──ギギギギッ……ギギギギギギギギギガガガガガガガガガガガガガ
ガガガガガガガガガガガ……ッ!!』

フィーの足元から、何かが激しく擦れ合うような禍々しい音が聞こえてくる。

そして、地中より無数の髑髏が寄り集まったような物体が這い出てきた。髑髏は口元から瘴気をまき散らし、ガチャガチャと耳障りな音を立てながら、眼前の魔女と対峙する。

「……うふふ。中々に強力な手札を揃えていたみたいね、フィー？」

「……ティアこそ」

「互いの召喚獣の力は五分と五分。ならば、雌雄を決するのは召喚者の腕にかかっているわ。覚悟はいいかしら？」

「もちろん。この戦い、絶対に勝つ」

二人の少女は互いに不敵な笑みを浮かべて、

「『さあ、決闘の時間』よ……！」

「――はい、ストオオオオオオオオオオオオオオップ!!」


直後。

殺気を放ち合う二人の間に、少年が割り込んだ。

勢いを削がれたティアとフィーは、露骨に顔をしかめて少年を見る。

「あら、カナギくん。邪魔しないでくれる？」

「真剣勝負。ソータ、無粋」

「真剣すぎるだろうがッ!?　なんだこのカードゲーム！　いや、そもそもゲームなのかコレ!?」

少年――嘉凪爽太は、顔面蒼白で二人が召喚した異形の化け物をビクビクと見やる。

ティアは興が冷めたみたいに嘆息して、優雅な手つきで美しい金髪を払った。

「なに？　私とフィーが共同制作した『殺戮☆召喚ポーカー』に文句でもあるの？」

「名称が物騒すぎる！　ゲームに『殺戮』とかつけちゃダメだろ!?」

「勝敗は、どっちかが死ぬまで。商品名に偽りない」

「偽りないから問題なんですが⁉」

爽太は脱力しながら、椅子に座り直す。

――場所は、マジックショップ【アミューリア】の店内。

今日もこの店では、新作ゲームの試遊会が執り行われていた。

ただし、『ゲーム』とは言っても完全に魔法製。

今のカードゲームも、召喚陣の絵札を利用した魔道具に分類されるものだ。

まあ要するに……ガチの召喚魔術なのである。

「参考にと思って、せっかく地球のポーカーを教えてやったっつーに……。ゲームは遊びなんだよ。本気で死闘してどうする」

「えー。死闘と書いて『ゲーム』、好敵手と書いて『ライバル』じゃないの？」

「お前はどこのバトル漫画の出身だ⁉」

「勝負と言ったら戦い。ソータ、なにが不満？」

不思議そうに首を傾げる少女二人。

……ダメだ、話がまったく通じない。

爽太は軽い頭痛を覚えて、こめかみを押さえた。

「どうしてお前らの作るゲームは、いつもこう何かがズレてるんだよ……。もっと遊ぶ側の視点に立って考えろ。だから一向に客が寄りつかないんだ」

　爽太は嘆息して周囲を見回す。

　真っ昼間だというのに、店内には人っ子一人さえ見当たらなかった。その寂れきった店で、爽太たちは暇をつぶすようにカウンターを囲んでいる。

　店がまったく繁盛していないのは、火を見るよりも明らかだ。

　爽太の指摘に、ティアとフィーは顔を見合わせて肩を竦めた。

「仕方ないわよ。うちのゲームが評判悪いのは今に始まったことじゃないし」

「むい。近所では『産業廃棄物生産工場』とか『カオスを生む魔窟』とか噂されてるっぽい。うちのゲームを買うくらいなら、他の店のゲームを買ったほうが断然お得」

「まったく失礼しちゃうわよねー。……あっ、他の店のゲームと言えば。フィーはルルカンド商会の新作予約した？　巷でものすごい注目の集まってるやつ」

「もち。初回特典も予約済み」

「本当？　私、実は予約し忘れちゃってさー。ヒロインのキャラデザがドストライクだったから、絶対プレイしたいと思ってたのに。クリアしたら貸してよ」

「お、ま、え、ら、なぁ……！」

　呑気に俗っぽい会話をする二人に、爽太は歯噛みする。

　なんという意識の低さ。世が世なら、ユーザーにブッ叩かれても文句が言えない緩さだ。

まあ、ゲームという文化自体が浅いこの世界においては、それもある意味で仕方がないことなのかもしれないが。

（……くっ、どうしてこうなった！）

もう何度ともわからないくらい繰り返した自問を、爽太は改めて胸に抱く。

望んでもいない異世界転生を果たして。

たどり着いた先は、剣と魔法の異世界。

しかも……自分の前世の人生を台無しにした『ゲーム』が大流行する、文明が発展しているんだかしていないんだか微妙なヘンテコ異世界だ。

明らかにファンタジーな目の前の亜人美少女二人と、カウンターに置かれたテレビモニター&カセット式のゲーム機のチグハグ具合が、それをイヤというほどに物語っている。

「こんなよくわからない異世界はもうイヤだ……！　頼む、女神様！　俺をもう一度だけ転生させてくれ！　剣も魔法も美少女も存在しない、もっとまともな世界に！」

「……美少女が皆無な世界は、それはそれで異常だと思うんだけど」

「俺はッ！　普通の世界で、普通に生きたかったんだよ！　愛すべき普通、日常こそが尊いというのに……！　なんでこんな中途半端に近代的で、色々とおかしい感じの異世界に飛ばされなきゃならなかったんだ!?」

「むー。おかしいとは失礼。フィーたちにとってここが愛すべきフッー」

いやまあ、それはそうなんだろうけど。

項垂れる爽太に、ティアとフィーは白けた顔でやれやれと首を振った。

「そもそもねー。カナギくんみたいな立場の人間は、普通なら喜ぶべきなんじゃないの？　こんな可愛い女の子たちに囲まれているんだから」

髪を払う仕草をしながら、呆れまじりに告げるティア。

それを自分で言うか……とツッコミたい気持ちはあったが。

あながち否定できないのも、また事実だった。

――ティア・ルーメル。

年齢は爽太より一つ上の十六。種族は【セイレーン】。

男性なら誰しもが魅了されるであろう恐るべき美貌と、背中からフワリと生えた純白の翼が特徴の、亜人種の少女だ。その姿はまさに天使のようである。

元々セイレーンは、他種族の異性を惑わし、精気を吸って糧とする生態的特徴を持つ。

その関係か、種族柄でとんでもない美男美女が多い。

ただし、人族との和平協定が結ばれてからというもの、他者から無断で精気を奪うことは国の法律で全面的に禁止されていた。生きる術を奪われたセイレーンたちは、その代替行為を模索するのに相当の苦労を強いられたらしい。

そして、それはこのティアも例外ではなく。

「美少女って言っても……お前、エロゲーマニアだし」

「失礼ね。せめて、美と性の探求者――とでも呼んでちょうだい？」

「せめてってレベルの譲歩の仕方じゃねえぞ」

彼女は溜まりに溜まった性の鬱憤を――よりにもよって二次元に見出したのだった。

簡単に言えば、二次元の女の子にハァハァしちゃう変態さんなのである。……ファンタジー世界の住人なのに。

「カナギくんは贅沢なのよ。私だって、叶うなら美少女に囲まれて学園生活を送れる近代的な世界に召喚されたいわ。そこで可愛い後輩女子のタイをひたすら直してあげる『タイ直しお姉さま』として君臨するの」

「ネーミングが安直ッ。もはや一種の妖怪みたいになってるよ『タイ直しお姉さま』」

「ああ、異世界転生の夢が叶わないなら、せめてエロゲーばかりして自堕落に過ごしたい。ポテチをむさぼって炭酸飲料をグビグビやりながら、CGの塗りのクオリティや本番シーンの差分枚数で一喜一憂したい……」

「……前々から思ってたけど。お前って、絶対にファンタジー世界の住人じゃないよな？　地球から来たニートの転生体であっても、俺はまったく違和感を覚えないぞ」

というか、なんでポテチとか炭酸飲料とか知ってるんだ。仮にも異世界人のくせに。

いやまあ、今さらこのヘンテコ異世界でツッコんでも詮無いことではあるのだが。

とにかく、相変わらずこのダメセイレーンは、異世界に焦がれる純粋な少年少女にはお見せできない台無し具合である。

「ねー、フィー？　あなたのほうからも、この贅沢者になにか言ってあげなさいよ」

「………………興味ないね」

訊ねるティアに、ぶすっとした不機嫌そうな声が返ってくる。

見ると、フィーがさっさとカードゲームを取りやめて、テレビの電源をつけているところだった。テレビとは言っても、術式で動くマジックアイテムの一種ではあるが。

「お前はまた……空気も読まずに」

「異世界だろうが別世界だろうが。フィー、現実のことは大体どうでもいい。一人用ゲームこそ至上。これ真理」

言いながら、フィーはカセット式のゲーム機のスイッチを入れる。ちなみに、このゲーム機もマジックアイテムだ。

――フィフィ・オルバート。

非常に小柄で拙い口調でしゃべる彼女だが、これでも爽太と同じ十五歳。

被った三角帽から覗く獣耳からもわかるように、やはりティアと同様に人間ではない。

種族は【ドワーフ】である。

元々が洞窟に住み着き、鍛冶や加工などを得意とする寡黙な職人肌のドワーフだが、このフィーの場合は特にそれが顕著だった。洞窟暮らしを究極的にこじらせ、日光を嫌って引きこもってばかりいた結果……いつの間にかコミュ障ヒッキーと化してしまったらしい。

引きこもりのため、元来が得意分野のはずの体力仕事も大の苦手。

色白もやしっ子で、他人とまともに目を合わせてしゃべれず、協調性は皆無。

爽太としては少し前の自分を見ているようで、非常に心苦しかった。

「あのな……。一人でゲームを始めるのは勝手だけど、そんなんじゃいつまで経っても他人とまともにコミュニケーションなんて取れないぞ。アリスから聞いたけど、お前、同年代の友達をつくるためにこの店で働き始めたんじゃなかったのかよ?」

「……むぅ」

爽太の言葉に、フィーはコントローラーをポチポチやりながら眉を寄せる。

「そうだった。面白いゲーム作って、友達釣りたい。友達と一緒に、ゲームで遊ぶ」

「……友達を釣るって表現はどうかと思うが。その志自体は、俺も正しいと思う。人を変えるのはいつだって想い一つだからな!」

爽太はグッと拳を握りしめ、フィーを励ました。

たとえ地球人と異世界人の壁はあっても、友達がいない悲しさは充分に共感できるつもりだ。フィーが本気なら、爽太も全力で応援してやりたいと思う。

フィーもゲーム画面から視線を外し、チラリと爽太を盗み見た。

その小さな唇がフッと綻んで。

「…………でも、やっぱりメンドイ。たぶん明日ぐらいから頑張る」

爽太はズルリと椅子から滑り落ちた。

「こ……子を思う親の愛の鉄槌(てっつい)ぃ！」

「むみゅあ!?」

爽太は勢いよくゲーム機のリセットボタンを押す。

プツンッと。とたんにゲーム画面が真っ暗になった。

フィーは顔面蒼白(そうはく)になって、わなわなと激しく震える。

「ソ、ソータ……！　お、おにっ！　鬼畜の所業！」

「……少し悪いとは思うが。これもお前のためだ」

古今東西、そして世界という次元を超えて尚、決して正義とは理解されない善行がある。

許されざる禁忌の技——『ゲームのリセットボタン(エデンズ・ゼロ)』。

これまで積み上げてきた冒険の思い出、仲間との絆(きずな)、何十時間にも及ぶ膨大な経験値とイベントシーン。それらすべてを無に帰し、データをあるべき姿(初期状態)へと帰す奥義だ。発動したが最後、プレイヤーの心を根本から破壊し、人によっては二度と立ち直れない者さえいるという。

世の中の子供にとっては、まさに悪鬼羅刹(あっきらせつ)の所業と言えるだろう。

だが……忘れないでほしい。

この技を解禁した親御さんたちも、決して悪気があったわけではないのだ。

すべては子供の未来のため。我が子に現実世界の尊さを学ばせるため。

涙を呑（の）んで、あの破滅のボタンを押すのである。

念を押して言うが、レベルを上げるのにどれだけ苦労するのか知らないとか、当事者じゃないから無責任にスナック感覚でポチッとやってしまったとか、そういうわけじゃ決してないのである。うん、断じてない。

ちなみに亜種として『ぼうけんのしょはきえてしまいました（デストロイ・ボイド）』というものもあるが、あちらはほとんど自然災害みたいなもので、誰かの悪意が絡んでるわけではないのであしからず。

……なにはともあれ。

全国の親御さんよろしく、爽太（そうた）は決意の表情でフィーを見つめる。

爽太の暴挙に、傍で見ているティアも若干顔を引きつらせていた。

「ちょっとカナギくん……。さすがに告知なしのリセットはやりすぎじゃ？」

「みなまで言うな、ティア。俺も覚悟の上だ」

それに、フィーはゲームを始めたばかりだった。リセットボタンを押したところで大したダメージにはならない。爽太にもそのくらいの配慮はある。

そんな中、フィーはなおも往生際悪くゲームのスイッチを入れ直し始めた。

「あ、コラ！」

「フィーの冒険は終わらないっ。何度でも舞い戻る！」

「カッコいいふうのセリフだけど、要はただの現実逃避だからな!?」

「はやくっ、はやく冒険の続きを――！」

デレデレデーン。

『でーたがきえてしまいました』

「「「…………」」」

……空気が。

その場の空気が、一瞬で死んだ。

俄(にわ)かには信じられないことだが、このタイミングで奇跡的に発動してしまったのだ。

『ゲームのリセットボタン(エデンズ・ゼロ)』と『ぼうけんのしょはきえてしまいました(デストロイ・ボイド)』の合わせ技――

『リセットはゲーム本体への負荷になります　絶対にやめてください(グラウンド・ジエノサイド)』が。

こればかりは、誰にも予測できない。

ただ一つ言えるのは……リセットした人間の罪は何十倍にも重くなるということだ。

「フ、フィーのデータがっ……冒険がっ……まっくら……ゲーム、ゲームやれないっ……ゲームやりた……あああ#%&$$&%#*@&$%&@*&%$#――――ッ!?」
「ちょっと!? フィーが発狂し始めたんだけど!?」
「すまんッッ!! ホントすみませんでしたああああああああッッッ!!!」
「あうぅぅっ。あうあうあうあ――――――っ！」
涙目で奇声を上げながら、ポカポカと爽太を叩いてくるフィー。
その様子は見ているだけで痛々しかった。
「あでッ、あでででで!! お、俺が悪かったから！」
「ほ、ほーら、フィー？ さっきのカードの続きをしましょう？ ねっ？」
「ぐす……ゲーム……ゲームぅ……」
「……まさか異世界でここまでのゲーム依存症を目の当たりにするとは思わなかったぞ」
とりあえずフィーを落ち着かせ、爽太たちは椅子に座り直す。
「さあ気を取り直して。勝負も途中だったことだしね」
「……そういえば。たしか、ソータの手番？」
「う」
言われて、爽太はギクリと身を震わせる。
手元には……カウンターに伏せられた五枚のカード。

　一応はこのゲームに参加していた爽太だったが、先ほどの二人のプレイを見る限り、イヤな予感しかしなかった。

「いやだから。こんな危険なゲームは――」

「勝負は勝負よ。べつに戦わせる必要はないから、手札の強さで勝敗を決めましょう」

「……手札っつってもな」

　爽太は五枚のカードを拾い上げ、表側を見る。

　描かれているのは、意味がサッパリわからない魔法陣。

　こんな非現実極まりないもの、どう扱えばいいというのか。

　爽太が眉根を寄せていると、立ち直ったらしいフィーがポンと肩を叩いてきた。

「大丈夫、ソータならできる」

「……フィー？」

「召喚とは、すなわち心の力。召喚者が強く求めれば、召喚獣はきっと応えてくれる。ソータ、心、解き放つ」

「……すまん。言ってる意味がサッパリだ」

　伝えたいニュアンスはわからないでもないが。

　爽太はため息を吐いて、手元のカードに視線を戻す。

　……召喚獣とか、心の力とか。

この歳になって本気で信じるのは、正直、恥ずかしい。

だが、これはあくまでもゲームだ。

ただの遊びなら、少しくらいは……。

「こ、こほんっ。えー……『飽くなき暴食』『腐敗する大海』……」

あらかじめティアに手渡されていたカード表と照らし合わせながら、爽太はぎこちなく読みあげていく。

すると、手札のカードが徐々に光を帯び始めた。

爽太の頭上に、暗黒の渦が出現する。

「象徴するのは【真理と真実】。来やがれ――――ッ!!」

バリバリィッ!

渦から鮮烈な紫電が迸（ほとばし）った。

そして――。

『……ブギイイイィィィィィィィィ……ッ!!』

暗黒より、動物の顔面を持つ巨大な魔人が姿を現した。

「うおおっ⁉　本当になんか出たぞ⁉」

「こ、これは……⁉」

「……ええ。間違いないわ。この役は――‼」

ティアとフィーが一斉にゴクリと息を呑み、

「「……『ブタ』」ね……‼」

「まんまじゃねえかッ⁉」

確かに、ブタの顔をしてますけども⁉

「じゃあ、つまりなんだ⁉　こいつ、外れ役ってことかよ！　あんなに仰々しい登場の仕方をしたくせに⁉」

『ブギイイイイイイイイイイイイイイイイィィィィィィィィィ……‼』

「うるせえええええええええええええええッ‼　お前、もう帰れよ⁉　どんなに凄んでもブタはブタだからね⁉」

『……空を飛んでも？』

「ただのブタだよ！」

魔人は『あ、そッスか……』と肩を縮めて、暗黒の中へすごすごと引き下がっていった。

……なにこのブタ、召喚獣なのにすごく小市民的。親近感湧いちゃう。

物悲しげな魔人の背中を半眼で見送る爽太に、ティアがカウンターに頬杖をついてクスクスとおかしそうに笑った。

「はい、カナギくんの敗け～」

「……ぐッ。こ、こんな訳のわからないゲームなのに妙な敗北感がある……！」

ルールもよくわかってない状態だから、余計に納得がいかない感が色濃い。

たとえるなら、友人宅にて「これ初心者でも操作簡単だから大丈夫～」と勧められた対戦ゲームで、完膚なきまでにボコボコにされる感覚に近いだろうか。家で一緒にゲームをやった友達なんて小学校三年生以降は皆無だから、あくまでも想像でしかないけど。

「……ちなみにだが。お前らの手札の役は、それぞれどんな感じなんだ？」

「え？　私たちの役？　……そうねぇ――」

ぼんやりと答えたティアは、背後で控えている自分の召喚獣へ一瞥をくれた。

「あえて言うなら……『なんでもアリ』かしら？」

「はぁ!?」

「このゲーム、プレイヤーの魔力によって召喚するものが変質する仕組みになってるのよー。だから、ぶっちゃけ手札の内容とかべつに……」

「おい！　ゲームとしてのルールが成り立ってねえぞソレ!?」

「最強の役は――私自身が、手札になることよ」

「なにちょっと『決めてやったぜ』みたいなドヤ顔してんだ！　まったくうまいこと言え

てねぇよ！　今のお前、じゃんけんで『はい、ピストル～』とか言って勝ち誇る小学生と同レベルだからな⁉」

「でも。ソータの役がブタだったってことは……ソータ、根っからの最弱？」

「なッ……！」

　フィーに指さしで言われ、爽太は口をあんぐりと開ける。……なんだ、この理不尽。しかし、やっぱり妙な敗北感が拭えない。納得いかねえ……。

「い、いいんだよ、俺は普通でッ。つーかお前らこそ、淫乱な魔女に、土の中で引きこもってるガイコツとか、ピッタリじゃねえか？」

「……なによ、反撃のつもり？　あれだけカッコつけといて、結局ブタを召喚した男だけには言われたくないわ」

「カ、カカカカカッコなんかつけてねえしぃ⁉　そんな事実はどこにも――」

「『象徴するは真実と真理！』」

「『来やがれ――！』」

「ぎゃあああああああああッ！　やめてえええええええええッ!!」

　ポーズを決めながら自分の声真似をする二人に、爽太はカウンターにガンガンと頭をぶつけた。……軽く死にたい。穴があったら全力でヘッドスライディングを決めたい。

「ち、ちがう！　ちがうんだ！　べ、べつに、ノリノリだったわけじゃないんだからねっ？」

「……カナギくん、動揺しすぎでキャラ崩壊がとんでもないことになってるわよ」

「誰が？　異世界の召喚術なんかに？　憧れると？　全然そんなことないんだからねっ。勘違いしないでよねっ！」

「ソータ、ツンデレはリアルじゃ存在を許されない。二次元だけ」

「あなた如き矮小な存在が二次元を穢さないでちょうだい」

「俺のライフはもうゼロだよ!?」

　二人は顔を見合わせ、おかしそうにケラケラと笑った。

「ジョークよジョーク。カナギくんって、からかうと面白いんだもの」

「魔法に『ぎゃー』ってしたり、魔物に『わー』ってなったり」

「そうそう。俺の愛すべきは普通の生活なんだ……とか主張しながらね。そのくせ、妙に魔法や魔物の知識が深かったり、ノリノリでカッコつけることもあったりするし」

「も、もももももういい！　もうやめだ！　こんなクソゲーやってられるかぁ！」

　これ以上はよくない。恥ずかしさで死んでしまう。

　手早くカードを片づけ始める爽太に、ティアたちは不服そうに口を尖らせた。

「やっぱりダメ？　今回のは中々の出来だったと思うんだけどなぁ」

「……ルールが成り立ってない時点でどの口が言う？　完璧とは言わずとも、せめて普通に遊べるものを作ってくれ。お願いだから」

　辱められた個人的恨みはさておき。

　彼女たちが作るゲームが、あんまりにあんまりすぎるのは事実だった。

　フィーとティアは、同時にコテンと首を傾げる。

「んー。これでも一応は真面目に考えてるつもりなんだけど」

「面白いと思って全力そそぐと、大体こうなる。ゲームって難しい」

「…………」

　真剣に悩み始める二人に、爽太はガクリと項垂れた。

○　●　○　●

　ティアたちとのひと騒動を終えて。

　勝手口から裏手に回った爽太は、木造の狭い廊下を歩いていた。

「……あいつら。『ゲームに負けたから昼飯の進捗を見て来い』とか、好き放題に言いやがって……」

　ブツブツとぼやきながら、爽太は廊下の奥にある台所を目指す。

　――ここ【アミューリア】は、主に三つのエリアに分けられていた。

一つは、先ほどの『ゲーム売り場』のエリア。建物の一階部分のほとんどを占めており、メンバーが集まって自作ゲームの試遊などをするのも大体あそこである。

もう一つは、『共同生活』のエリア。ちょうど売り場の裏手にあたり、狭いながらも台所や洗面所、トイレなどの共有して使われる施設が設置されている。爽太が今歩いているのも、そのエリアにあたった。

最後は二階、『住人の私室』エリア。ここで暮らす住人が寝泊まりする場所であり、基本的に一人一つの部屋が与えられている。ひと部屋あたりのスペースとしては異様に狭く、建物の外観同様にボロくはあるが。

廊下を抜け、爽太は台所の暖簾（のれん）をくぐった。

すると、とたんにいい匂いが鼻腔（びこう）をくすぐる。

「……アリス？　進捗はどうだ？」

「あっ、ソータさん。もうすぐできますよ」

立ち入った台所も、やはり異様に狭かった。

縦長のスペースに調理台が設置されている。人一人が辛うじて移動できるかできないかというレベルだ。

その恐ろしく狭い台所で、一人の少女がグツグツと鍋を煮詰めていた。

――なぜか、全裸にエプロンという恰好で。

――ゴスゥッ！

「ソータさん⁉」

反射的に壁へ頭を打ちつけた爽太に、少女がビクリと身を竦ませる。

「ど、どうしたんですかっ？　大丈夫ですか⁉」

「それはこっちのセリフだよ⁉」

爽太は激しく混乱していた。

台所に入ったら……裸エプロンの美少女が料理をしていた。

あまりに非現実的だ。エロゲーでもあるまいし。

見間違いかと思い、顔を上げてみると。

「あ、あの。ソータさん？」

……裸エプロンの銀髪美少女が、こちらを心配そうに覗き込んでいた。

――ゴスゴスゴスゴスッ‼

「ソ、ソータさあああああああああああああああああああああああんッ‼」

見間違い……じゃなかった。

短いエプロンの裾を恥ずかしそうに引き下げながら、もじもじとしている彼女。

布地が少ないエプロンはかなり窮屈そうであり、たわわな胸元の双丘が零れ落ちてしまいそうだった。女の子の大事な部分もギリギリで見えてしまいそうである。……なにこれ？　次元の歪み？　俺の周囲の因果律に、重大な支障でもきたしてんの？

爽太はなるべく少女のほうを見ないようにしながら、震える声で訊ねる。

「ア、アリスさん？　……その恰好は、イカガナサッタノデセウ？」

「えっ。あ、は、はい……っ」

爽太の問いかけに、少女はポッと頬を染めて、

「えっとですね。テ、ティアさんが……料理を作るときにこういう恰好をしたら、ソータさんがきっと喜んでくれるって――」

「あンのエロゲーマニアあああああああああああああああああああああッ!!」

さっそく犯人が判明した。……まあ、この子にこういった余計な知識を吹き込むのは、大体奴の仕業ではあるが。

――アリス・カルミシア。

この店【アミューリア】の一人娘である。

異世界に飛んできた直後の爽太を拾ってくれたのも、この子だった。

年齢は爽太と同じ十五。保護欲を掻き立てる可愛らしい容姿と流れるような銀髪、ティアには及ばないながらも年齢不相応にたわわな胸元が特徴の、まごうことなき美少女だ。

そして何より……ピンと尖った小さな両耳。

彼女の種族は【エルフ】。話によると人間との混血らしいので、もっと正確には【ハーフエルフ】に分類される。

「ソ、ソータさん？　こ、こういうのはお気に召さなかったでしょうか？」

そのとき。

不安げな上目遣いをして、アリスがおずおずと訊ねてきた。

そのいじらしい仕草は、思春期男子にとってもはや殺戮兵器以外のなにものでもない。

爽太も思わずクラリときてしまう。

（ダ、ダメだ、俺。相手は異世界の住人！　騙されるな！）

ギリギリのところで理性を保つ。

相手は異世界人。それも、あつらえたようなエルフ美少女。

そんな非現実なものに釣られて堪るか！

固い意志でもって、爽太は前を見る。

だが――。

（……うっ⁉）

振り返った爽太を、うるうるとした双眸が出迎える。

アリスは小さく身を縮こまらせ、じっと返事を待っていた。

その様子は、従順な子犬のようであり……。

（って、こんな純粋な子に厳しいことなんて言えるかああああああああああッ！）

……誘惑を跳ね除けてやるつもりが、盛大に返り討ちにあってしまった。

ムリムリ。絶対にムリ。こんなん最初から無理ゲーですよ、奥さん。

「き……気に召さないことは、ない」

「……え？」

「ああチクショウ！　そりゃそうだろ!?　アリスみたいな可愛いエルフっ娘にそんな恰好されて、嬉しくない男がいるわけない！」

爽太は半ばヤケクソ気味に叫ぶ。

アリスは「か、かわっ……!?」と顔を真っ赤にしていたが、今の爽太にはその反応にまともに取りあってやる精神的余裕はなかった。

「だけどな！　は、裸エプロンなんて、それこそゲームや漫画の中だからこそ許されるシチュエーションだ！」

「ソ、ソータさん？」

「大体、恋人でもない男の前で女の子がそんな恰好しちゃダメなんだよ！　いや、たとえ恋人同士でもダメだと思うけど！　そこのところちゃんとわかってるのか⁉」

爽太は怒涛の勢いでまくしたてた。

そうやって躍起になって叫ばないと……自分の中の常識が揺らぎそうだった。

そんな爽太の心情を知ってか知らずか。

アリスはピクンと細い肩を震わせて、頬を朱色に染めた。

「……わ、わかって……ます」

「へ？」

「い、いくらなんでも、見知らぬ男の人の前でこんな恰好したり、しません。は、恥ずかしいですし。で、でも……」

たどたどしい口調で告げながら、アリスはそっと視線を上げる。


「――わたし、ソータさんのお嫁さんだからっ……！」


熱っぽく潤んだ瞳が、こちらを見つめてきた。

爽太は思わず息を詰まらせる。

「ソータさんが喜んでくれること、なるべくしてあげたいんですっ。でもわたし、男の人のことってよくわからなくて……だから、そういうのに詳しそうなティアさんにアドバイスをもらって……！」

「ア、アリス……」

眩暈（めまい）がした。マジで、なんなんだこれは？

一体全体どうしてこんなことになっている？

異世界に飛んで、亜人の美少女たちに囲まれて。

それで……こんな可愛い（かわい）エルフ美少女が、自分の「嫁」と名乗っている。

まったくもって、受け入れがたい。

「…………な、鍋」

「？　鍋？」

「鍋のスープ。とんでもないことになってるぞ」

「あ——ひゃあっ!?」

爽太の指摘に、アリスは慌てて調理台に駆け寄る。

後ろを向いた拍子に、エプロンで隠しきれていないぷりんとした真っ白なお尻が視界に入ったが、爽太は全力でそっぽを向いた。

「あわわ……ドロドロになっちゃいました……」

「食えれば問題ないよ。フィーとティアも腹空（す）かしてるから、文句は言わないだろうし」

言いながら、爽太は素早く食器棚のほうへ動く。

棚の中から一枚の皿を取り出し、おたまで鍋のスープを盛りつけた。

そのまま一目散に踵を返す。

まるで逃げるかのような爽太の動きに、アリスが目を丸くした。

「俺、二階にいるサシャさんに飯届けてくるから！　アリスは二人を呼んでやってくれ！」

「ソ、ソータさん、わたしは——！」

「あと、絶対に服は着て来いよ⁉　絶対だからな！」

言いながら、爽太は台所から走り出た。

その顔は沸騰寸前に真っ赤である。

……危なかった。

あと少しでもあの場にいたら、理性が完全に吹っ飛ぶところだった。

「俺は靡かない！　絶対に靡かないぞ……！」

廊下に響く、少年の決意の唸り。

——嘉凪爽太。この異世界ではもっとも普通で、もっともチグハグな存在。

彼が非現実を現実として受け入れることがない限り……ファンタジーと噛み合うことは永遠にないのだった。

○●○●

二階に上がった爽太は、廊下の一番奥にある突き当たりの部屋の前で足を止めた。

緊張を紛らわせるように数回深呼吸したあと、扉をノックする。

「どうぞー」

すぐに中から、穏やかそうな女性の声が返ってきた。

「失礼します。食事、持ってきました」

「……あらまあ。わたしなんて後回しにしてくださってもよかったのに」

部屋の中は、やはり廊下や台所同様に狭かった。

最低限の家具や生活用品しか置かれていない、小ざっぱりとした室内。

部屋の奥の窓際には、少し大きめのベッドが置いてある。

そのベッドの上に、上半身を起こした状態で、一人の少女が座っていた。

「いえ。サシャさんは、この家の家主ですから」

爽太はそう言いつつ、ベッドの脇にある棚に食事を置いた。

少女は儚げに微笑み、「ありがとうございます」と頭を下げる。

……非常に線の細い、病弱そうな女性だった。

美しい白銀の髪と人形みたいに整った容姿。両耳はアリスと同様にピンと尖っている。

……サシャ・カルミシア。アリスの実の母親であり、この店──【アミューリア】の責任者でもある人だ。

「？　どうしました、爽太さん？」

「っ！　あ、いや、サシャさんは相変わらず若いなーって」

ついついボーっと見つめてしまっていた爽太は、誤魔化すように咳払いする。

サシャはクスクスと笑った。

「エルフですから。人族とは成長過程や寿命の単位が違うんです。これでも四十過ぎのオバちゃんなんですよ？」

「はぁ。オバちゃんと言うにはかなり無理がありますけどね……」

少し顔を強張らせる爽太に、サシャは「ああ」と手を打った。

「心配せずとも大丈夫ですよ。純血のわたしと違い、アリスは人族とのハーフですから。あの子の見た目的な年齢は、爽太さんが嫌う『非現実』なことにはならないかと」

「ぶふっ!?　な、なんでそこでアリスの話題になるんですかッ？」

「さあ、なぜでしょう？」

先ほどのアリスとのやり取りを思い出し、爽太は顔を真っ赤にする。

そんな爽太を、サシャは楽しむように眺めていた。

……この人のこういうところには、いつだって敵う気がしない。

「具合はいかがです？」

「ええ。今日はとっても調子がいいですよ。おかげさまで」

「そうですか。よかったです」

胸を撫でおろす爽太に、サシャは申し訳なさそうに頭を下げる。

「すみません。本来は責任者として働くべきわたしが……こんな状態で」

「いやいや。サシャさんのせいじゃないでしょう」

爽太は首を横に振る。

……爽太がここへ来たとき、サシャはすでにこの状態だった。

詳しい病状などはわからない。ただ一つハッキリしているのは、こうして四六時中ベッドで横になっていないといけないくらい、彼女の容体が悪いということだけだ。

「そちらも。お店のほうの調子はどうですか？」

「あ、はい。えーと……芳しくはないですね。ティアたちは相変わらずヘンなセンスでヘンなものしか作らないし、アリスはアリスであいつらにすぐ流されるし……」

「でしょうね。騒ぎ声が、ここまで聞こえてきましたから」

答える爽太に、サシャは困ったような苦笑いを浮かべた。

部屋の隅から椅子を持ってきた爽太は、腰かけながら深いため息を吐く。

「大体、売り場となる店が商品となるゲームを作る……って構図自体がおかしいんです。

こういうのは普通、制作会社が専門のスタッフを集めて、役割分担でようやく完成するものじゃないですか。魔法製とはいえ、今の体制じゃ完全に自己満足の同人活動ですよ」

「えーと……。爽太さんの世界の常識のことはわたしもよくは知らないのですが。この世界の『ゲーム』というものは、マジックアイテムに分類されますので」

サシャは肩を竦めて、

「マジックアイテムを制作できるのは、腕のよい魔法使いだけです。マジックショップにはそういった人材が集まりやすいですから」

「……ああ。なるほど」

合点がいって、爽太は小さくため息を吐く。

つまり、この世界の『ゲーム』とは、マジックアイテムが娯楽側に派生した感じのものらしい。地球の常識とはそこからして違うということか。

「もう少し文化が進めば、制作専門の組織も出てくるのかもしれませんが。なにぶん、この世界の『ゲーム』は発展途上で。わたしたちもまだ手探りなのです、ごめんなさい」

「サシャさんが謝ることじゃないですけど。ってか、悪いのは主にティアとフィーです！あいつら、操作性とか快適性とかそもそもの需要とか、そういう要素ガン無視で感覚的に滅茶苦茶なもの作るんですから！　試遊しなきゃいけない俺の立場にもなれっての……」

「まあまあ。あの二人にも悪気はないので許してあげてください」

愚痴っぽくなる爽太の話に、サシャはイヤな顔一つせずに耳を傾けてくれた。

情けないとは思いつつも、この時間が爽太の定期的なストレス発散になっている。

……サシャ・カルミシアには、ついつい心を許してしまいたくなるような不思議な魅力があった。元来の人柄ゆえなのか、エルフという種族の神秘的な雰囲気が手伝っているのか。詳しいことはわからないが、それこそファンタジーを必要以上に警戒する爽太がこうして悩みを打ち明けるくらいには、親しみやすく落ち着きのある人物だった。

彼女がここの家主でなければ、この世界に来た当初の爽太も世話になろうとは絶対に思わなかっただろう。

「しかし。時が経つのは早いものですね。あなたがここで働き始めて、もう一か月ですか」

「……俺としては非常に不本意ですけどね」

言われて、爽太はやれやれと首を振った。

「やはり、ご不満ですか？」

「不満と言いますか。その……アリスのこととか、勘弁してほしいなと」

「あら。働いてもらっているんですもの、店主が対価を払うのは当然でしょう？」

「それで、自分の娘を俺の『嫁』に……ですか？」

半眼で言う爽太に、サシャはコクリと頷いた。

本人は誠意でやっているつもりだろうが、爽太としては本当に勘弁願いたい。

……もう散々に見てきた通り、ここ【アミューリア】の経営は芳しくない。

流行の始まりによくありがちな事例だが、波に乗ろうとする企業なり店舗なりが大量に出て来て、その質がピンからキリまで果てしなくなるあの感じ。この世界ではその事例が今まさに起きており、【アミューリア】は間違いなく『質が悪いほう』に分類された。

そして当然のことながら、そんな貧乏店にまともな給料が払えるはずもない。

そこで家主であり店主でもあるこのサシャが対価として提案してきたのが――この店での衣食住の確保と、娘であるアリスを『嫁』としてくれる……というものだったのだ。

異世界に来た直後の爽太は、とりあえずの寝床を確保するために、その条件を呑んだという形である。

「情けないことに、あなたにお譲りできるものは現状それくらいしかなくて。フィーちゃんやティアさんにも、ちゃんとべつの条件で働いてもらっていますから。……それとも、爽太さんはアリスのことがお気に召しませんか？」

「き、気に召す召さないとかじゃなくてですね！　本人の気持ちの問題と言うか、アリスのほうだって勝手に決められちゃ困るだろうし……」

「アリスは満更でもないみたいですよ？　あなたにとても懐いてます。この間も、『ソータさんの立派なお嫁さんになるー！』って意気込んでいましたし」

「………」

先回りするみたいに言われて、爽太は堪らず口を噤んだ。

その反応を楽しむように、サシャは軽く肩を竦めてみせる。

「爽太さんは、本当に変わったお人ですね」

「変わってる？　俺がですか？」

「はい。とてもチグハグな感じがします。アリスをもらうことを拒絶している割には、あの子に優しかったり。……『ゲームなんてくだらない』と日ごろから言っている割には、他のスタッフと一緒になって一生懸命にこの店の商品について考えてくれたり」

「……それは……」

言われて、爽太は視線を泳がせる。

「た、ただ単に……成り行きでそうなってるだけと言いますか。あ、いや、ゲームが嫌いなのは本当ですからね!?　アリスのことに関しても今はナシでお願いします！」

べつに、爽太だって好き好んでこの店で働き始めたわけじゃない。

右も左もわからない異世界で生活をしていくため、仕方なくだ。

……こうしてまんまと異世界に来てしまった爽太だが。

基本的なスタンスは、地球にいた頃と変わらない。

ゲームなんてただの子供のお遊びだ。生産性も、有用性もありゃしない。

だがまあ……元ゲーオタの自分が前世で培った知識と言えば、しょせんゲームのことくらいしかないわけで……土地勘のまったくない異世界で条件のいい働き口を見つけるには、サシャの提案を呑むのが一番だったのだ。それこそただの成り行きに過ぎない。

ここまでの経緯を思い返して軽く落ち込む爽太を、サシャは相変わらずの笑顔でニコニコと眺めていた。

「それでも。わたしはとても嬉しいですよ」

「？　嬉しい？」

「はい。ここにいると、毎日あなたたちの賑やかな声が聞こえてきます。以前はこれほどの情熱や賑やかさはありませんでした。すべては、あなたがあの子たちの中心として動いてくれているおかげ」

言いながら、サシャは小首を傾げてみせる。

「アリスも、フィーちゃんも、ティアさんも。あなたと過ごす毎日がとても楽しそうです。……あの子たちが作るゲームは拙い出来かもしれません。ですが、『誰かを楽しませたい』『誰かと楽しみたい』というそれぞれの想いが、きっと込められている」

「…………」

「異世界が嫌いで、ゲームが嫌いなら、それでもいいです。ですが……もし少しでも『楽しい』と思う気持ちがあるなら。それを大切にしてください」

「…………」

爽太は何も言い返すことができなかった。

ひたすらにバツが悪くなって、爽太はガタガタと椅子から立ち上がった。

「お、俺。もう行きます」

「あら？　そうですか？　……ああ、もうこんな時間なのですね。爽太さんとのお話が楽しくて、ついお引き留めしてしまいました。申し訳ありません。あんまり長い間あなたを独り占めしちゃうと……アリスたちにも怒られてしまいそうですしね？」

「サ、サシャさん！」

「ふふ。冗談ですよ」

顔を赤くして叫ぶ爽太に、サシャは特に気にしたふうもなく小首を傾げる。

そのことがさらに居心地悪くて、爽太は早足に扉へ急いだ。


去り際。

「――あの子たちのこと、どうかよろしく頼みます」

後ろから聞こえてくる柔らかな呟きに、爽太は脱力するように嘆息した。

～あみゅ～りあの日常　その2～

ORE NO TEN-I SHITA ISEKAI GA KUSO-GE NENKAN TAISYO

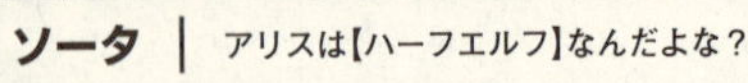

ソータ　アリスは【ハーフエルフ】なんだよな？

アリス　はい。お母さんが純正のエルフ族で、
お父さんが人族です

ソータ　その。お父さんは今？

アリス　わたしが幼い頃に他界してしまいました。今はお母さんと二人です

ソータ　そうか。……なんかすまん

アリス　あっ。き、気にしないでくださいっ。
今のお店にはソータさんたちがいてくれますし、町の人たちも親切ですし。
わたしは毎日がとても幸せですよ？

ソータ　アリス……（ジーン）

アリス　この間も、道行く見知らぬ男性が
飴をくれたんですよっ。
『お嬢ちゃん可愛いねハァハァ』って
褒めてくれて！
あとパン屋のおじさんが
『うちの子にならないハァハァ？』って
オマケをしてくれたこともありました。
みなさんとても親切です！

ソータ　……アリス。次買い物に行くときは
必ず俺も誘いなさい

アリス　ほえ??

to be continued.

Date.3　お嬢様の襲来

『――わりぃ。正直ついてけねぇわ』


いつかの日、どこかの場所で。

彼は疎むような目をしながら、そう告げた。

『な、なんだよそれ。どういう意味だよ？』

『どうもこうもねーよ。そのままの意味』

首を振る彼の仕草に、隠しようもない苛立ち（いらだ）の念が混じる。

『お前、ガチすぎるっつーか。ぶっちゃけ、一緒にやってて色々と気分悪い。訳のわかんねー専門用語ばっか使うし、少しでもミスるとキレるし。こっちは単なる遊びでやってんだから、勘弁してほしいってのが正直なところ』

『なッ……!?　こ、このゲームを一緒に始めようって最初に誘ってきたのはお前だろ!?』

『あー、うん。だけど、まさかお前がここまで重度にハマるとは思わなかった』

必死に言い募る俺に、彼は冷めた態度でやれやれと首を振る。

『だから言ってんだよ。ついていけねぇって』
『…………ッ』
『ゲームごときで、なに本気になってるわけ？』
返す言葉に詰まる。
互いの間には、どうしようもない温度差があった。
……なんでだ、なんでなんだよ。
俺はただ、こいつとゲームで遊ぶのが楽しくて。
必死にレベル上げて、よかれと思って専門用語を身につけて。
なのに、その努力を理解してもらえないのが……堪らなく悔しかった。
だからだろうか。
よせばいいのに。そのまま「そうだよな」と納得して、仲直りすればよかったのに。

『——ゲームは遊びじゃねえ！』

感情の波が、つい爆発してしまった。
『全力だから楽しいんじゃないのかッ？　本気だから面白いんじゃないのかよ!?　それを、自分ができないからって達観ぶって偉そうに！　そう言うなら、お前も少しは努力しろよ⁉　勝つために頑張ったこと、一度でもあるのか⁉』

叫んで、必死に訴えて。

本当に、あのときの俺はバカ丸出しだったと思う。

そんなふうに言っても、伝わらないのはわかりきっているのに。

『うっわ。なにキレてんの？　これだからオタクは手に負えねえわ』

『っ⁉　オ、オタク……⁉』

『自覚ないわけ？　中学生にもなってゲームに本気とか、その時点でオタク認定だろ。クラスの連中も白い目で見てるぜ？　ゲームに夢中なオタクの嘉凪(かなぎ)クンってさ。まあ教室であれだけオープンに喋(しゃべ)ってちゃ無理ねえけど。っていうか、お前に話しかけられるとこっちまでオタクに見られて迷惑なんだよね』

冷たい目をしたまま、彼はクルリと背を向けた。

『お前がゲーオタ続けるのは勝手だけど。もう話しかけないでくんない？』

去っていく背中に……何も言い返せなかった。

……気づけば、独りになっていて。

悔しさを抱えながら、立ちすくむしかできなくて。

自分が中途半端なのは、自分が一番よくわかっている。

ゲームが好きならそれでいい。他人のことなんか気にしなければいい。

なのに、周囲の視線に対するヘンな自意識と。

こんな状況になってしまった、後悔ばかりがひたすらに押し寄せてきて。

——俺は結局、なにがしたかったのだろう？


「…………」

目を開けると、真上に天井の木目が見えた。

窓の外からは朝日が差し込み、チロチロと小鳥がさえずっている。

爽太(そうた)は仏頂面のまま、寝転がっていたベッドから上半身を起こした。

「……イヤなこと思い出した」

周囲を見回すと、手狭な木製の一室。

今の自分に与えられた——マジックショップ【アミューリア】の自室だ。

窓を見やると、相変わらず非現実な街並みが確認できる。

「……こんな異世界に来て、嫌いなゲームを作る手伝いなんかして。本当に、俺はなにやってんだか……」

今の自分の状況を皮肉に思いつつ。

爽太はやれやれと首を振り、ベッドから起き抜けた。

○　●　○　●

「ついに完成した……！」

　ある日の昼さがり。

　いつも通りに爽太が【アミューリア】で暇な店番をしていると、カウンターの隅でコソコソとやっていたフィーが不意にそんなことを言い出した。

「完成した？　なにが？」

「フィーの血と涙と汗の結晶。これを作るまでに様々なものを犠牲にした……」

「いや、そんな壮絶な代償を払ってる様子はこれまでのお前に一ミリも見受けられなかったんだが……」

　軽いツッコミを入れつつも、爽太はフィーの手元を覗き込んでみる。

　そこには、サッカーボール大くらいの巨大な水晶玉が置かれていた。

「水晶玉？」

「ただの水晶玉じゃない。フィーの自信作」

「っ！　フィーちゃん、ついに完成したんですか!?」

「ふっ。このときを待ちわびていたわ」

商品棚の整理をしていたアリスとティアが、こちらの話を聞きつけたようにドタドタと集まってくる。

「な、なんだよ。二人してその食いつきは？」

「知らないんですか、ソータさん？」

アリスはキラキラとした目で水晶玉を覗(のぞ)き込(こ)んだ。

「これはですねっ。今、この国ヘルトハイスでもっとも話題になっている、最新式のゲーム機なんです！」

「ゲーム機？　これが？」

「はいっ。正式名称は術式投影具(スパイラル・フォーミュラ)。……ちょっと長いので、巷(ちまた)では『スーフォミ』と略されて呼ばれています」

「うん!?　なんかものすごい聞き覚えのある略し方なんだけど!?」

地球にあった、スーパーでファミリーなやつ。

「それにしても、本当に一人で作っちゃうなんて……。フィーちゃんはやっぱりすごいですっ！」

「ふっふっふ。アリス、もっとフィーを褒めるといい」

キャイキャイと無邪気にはしゃぐ少女二人。

その様子を眺めつつも、爽太(そうた)はカウンターの水晶玉を改めて観察してみた。

見た目はただの大きなガラス玉だ。

アリスは流行りの最新式ゲーム機……みたいなことを言っていたが、まったくそんな感じには見えない。そもそも開発元の権利とかはどうなっているんだろうか？ まあマジックアイテムであるという時点で、そういう類のツッコミは野暮なんだろうけど。

「これ、そんなにすごいのか？」

「ええ。普通は何十人もの魔法使いが時間をかけて、やっと完成させられる高度な代物よ。それを一人でやっちゃえるのは、術式の扱いに優れるフィーだからこそでしょうね」

ふと疑問を漏らす爽太に、隣に来たティアが告げる。

爽太は顔を上げて眉をひそめた。

「その言い方だと、なんかフィーがすごい人物のように聞こえるぞ？」

「すごいもなにも。魔法の扱いなら千人に一人の逸材とまで言われてるわ。本人が外の世界に対して消極的だから、あまり注目はされてないけど」

ティアは小さく肩を竦めてみせる。

爽太は怪訝な顔をした。

千年に一人の逸材？ あのボッチとゲーオタをこじらせたチビっ子ヒッキーが？

横目でアリスとはしゃいでいる彼女を見てみるが……ティアが言うような『天才魔法使い』みたいな印象は、微塵もなかった。

「……前から気になってはいたんだけど。あいつって種族的にはドワーフなんだよな？　それなのに、どうしてあんなあからさまに真逆の恰好をしてるんだ？」

地球のファンタジー知識と違わず、この世界のドワーフも種族的に鍛冶作業が得意な肉体派だと聞いている。

だが、フィーのイメージはそれとことごとく真反対だった。

色白で、線が細くて、魔法の扱いが得意。

服装だって、三角帽に黒マントと、いかにも魔女っぽいものを選んでいる。

「さあ。詳しいことは私も知らないわ。……でも」

「でも？」

「あの子ってほら、同種族の友達がいないみたいじゃない？　ドワーフらしくない特徴や、元来の高い魔法適性がそのことに関わってるのだとしたら……あの恰好は、フィーなりの意地？　みたいなものなのかもね」

そう言うティアは、含みのある笑みを爽太に向けてくる。

「とにかくフィーにはフィーの事情があるってことよ。もちろん、私やアリスにもね」

「……なんだよそれ。随分と意味深な言い方だな」

「うん？　カナギくんは私のこと、もっと知りたい？」

「っ!?」

直後、むにゅんと。

ティアが腕に手を回して、胸元の柔らかな膨らみをこれ見よがしに押しつけてきた。

「バッ!? バ、ババババカッ、おまっ、はははは離れろぉ!!」

「いいのよ？ 私、カナギくんのこと、男の人の中ではかなり好きなほうだし。心と体と魂は二次元美少女に捧げてるからあげられないけど、それ以外のものなら好きにしてもらっても構わないくらいには」

「ほとんど何も残ってないだろソレ!? 心と体と魂以外のものってなんだ!?」

「そうね。あえて言うなら寵愛……かしら？ 私の足の爪先くらいは舐める権利を与えてあげてもいいわ」

「ただの下僕じゃねえか！ いらんわ、そんな権利！」

「え？ ま、まさか……爪先以上を求めるって言うの!? くっ、末恐ろしいわ……これだから下半身で物事を考える男は……」

「勝手に『男ってサイテー』みたいな空気つくってるけど、全国の男性諸兄もお前だけには言われたくないと思うぞ!?」

「酷いことするつもりなんでしょう？ エロ同人みたいに」

「現在進行形で酷い扱いを受けてるのはむしろ俺のほうだよ！ ってか、なんでお前はエロ同人なんてニッチな単語を知ってるの!? 異世界人のくせに！」

「――っ!? ティ、ティティティアさんっっ!!」

そのとき。

こちらの騒ぎに気づいたらしいアリスが、密着する爽太とティアを見てショックを受けたみたいにあわあわあわと叫んだ。

「あら、アリス。悪いけどカナギくんもらっていくわ。専用の爪先舐め機として」

「そんな屈辱的なマシーンには死んでもなりたくねえ! お、おい。いい加減に悪ふざけが過ぎるぞ? アリスが本気にして――」

「…………」

みるみるうちに、アリスの目尻に涙が溜まっていく。

……あっ、これはヤバイ。

瞬間的に爽太はそう判断した。

アリスは、妙に自分とティアの関係を気にしている節がある。まあ別にアリスが危惧するような特別なことなど何一つないのだが、それをわかった上でティアがからかうためにわざとやっているのが痛い。

慌ててティアを引きはがしにかかるも、悪戯っぽい笑みを浮かべた彼女の腕はガッチリと固定されていて、うまく外せなかった。

「お、お前なッ……!」

「ふふふ。そう怒らないで。一応はカナギのためでもあるのよ？」

アリスに聞こえないようヒソヒソ耳打ちしながら、ティアは不敵な笑みを浮かべる。

「この間の話の続き、贅沢を言ってるあなたのリハビリってことで。こうやって美少女絡みのドタバタに巻き込まれていれば、あなたもいつか今の状況に慣れるんじゃない？」

「余計なお世話だっ！　慣れたくもねーし！」

「それに、私としても今後のゲーム作りの参考になるしね。可愛いエルフ嫁の嫉妬に曝された主人公のプチ修羅場シーン……等身大の男の子であるあなたの反応をぜひ見せてちょうだい♪」

調子のいいことを言って、ぱちっとウインクしてみせるティア。その仕草だけなら百点満点に可愛いのが、また一段と腹立たしい。

……冗談じゃない。いくらゲーム開発のためとはいえ、ギャルゲーのサンプリング対象にされるなんて絶対に御免だ。

爽太がジタバタするうちにも、アリスは涙目でプルプルと肩を震わせていた。

何かを言おうと口を開きかけるも、結局は泣きそうな顔で言葉を詰まらせて。

最終的に、ピョンと跳ねて爽太の腕に飛びついてきた。

ティアとは反対方向から、むにゅむにゅっと柔らかい感触が当てられる。

「ぶっはぁ!?　ア、アアアアアリスさぁんッ!?」

「～～～～～～っ」

アリスは躍起になるように、さらにギュッと身を寄せてくる。

爽太の頭の中は真っ白になった。

両側から抱きついてくる二人の美少女。

なんだこのギャルゲー的展開は？　フィクションだと嬉しいのに、現実でやられると混乱しかないというか、むしろ重圧や気まずさで今にも窒息しそうなんですが。

この場で唯一静観しているフィーは、眠たげな半眼でコテンと首を傾げていた。

「……ソータ、修羅場？」

「断じて違うわ！　単にティアがふざけてるだけだ！　お前も見てないで助けろよ!?」

「恋愛ゲームは好きな分野じゃない。蚊帳の外で暇だからフィーはフィーの冒険する」

「このタイミングでゲーム機のスイッチ入れないでもらえます!?」

そんなこんなをしているうちにも、両側から挟み込んでくる柔らかな膨らみ。

爽太の理性はマッハの速度でボロボロと崩壊していく。

ヤバイ、このままじゃ色々とヤバイ。

自分の中の現実博愛センサーがショートを起こす寸前だ。

（ぬおおおッ、か、かくなるうえは……！）

爽太は必死に意識を集中させる。

理性を保つために、雑念を排斥しようと全身全霊をかけた。

……両側の柔らかい膨らみがなんだと言うのだ。ただの脂肪の塊ではないか。

それよりも感じろ、世界の美しさを。

花の香りを、風の柔らかさを、川のせせらぎを。

この世には美少女のおっぱい以上に、愛でるべきもので溢れかえっているはずだ。

爽太は完全な瞑想状態へと突入した。

その精神は波風立たぬ無へと昇華し。

そのまま遥か高みへと達して――。


『――二人共　無益ナ　争イハ　オヤメナサイ？』


「「なんか覚醒した!?」しました!?」

『修羅場ハ　ゲームノ内ダカラコソ　輝クノデス。空ナ●やナ●スポートはゲームだけにしておきなさいってお母さんあれほど言ったでしょ、この子たちはホントにもー』

「ソータさんの人格がものすごい勢いでブレてます!?」

「……ちょっと弄りすぎたかしらね。まあ修羅場シーンの参考にするにも、相手がカナギくんの時点でうまくいかないのはある程度予想できてたけど」

背中に後光がさし悟りきった表情をする爽太に、アリスは戦々恐々とし、ティアはやれやれと肩を竦める。……悟ったというよりは半分くらい壊れた感じではあるが。

「まっ、お遊びはこのくらいにしておきましょうか。ほら、戻ってらっしゃいカナギくん」

「ぐはぁ⁉　――はっ⁉　お、俺はなにを？」

シュバッと首元にチョップを食らって、爽太は咄嗟に我に返った。

「ソータさんっ。元のソータさんに戻ってくれたんですね⁉」

「ア、アリス？　俺は今まで一体――」

「本当に……本当によかったですっ！　わたし、ソータさんがこのまま………ゲームに厳しいお母さんになってしまうんじゃないかと！」

「お母さん⁉　どんな状態だったの、さっきまでの俺⁉」

「はいはい。ややこしくなるからこの話はもうオシマイ。フィーもゲームのスイッチ切りなさい。まったく、脱線しすぎちゃったわ」

「……むぅ。いいところだったのに」

「……つーか、元はと言えば誰のせいだ、誰の」

恨みがましく言う爽太に、ティアは涼しい顔でそっぽを向く。

そのままカウンターに近づいて、置かれている水晶玉をひょいと持ち上げた。

「それよりも。せっかく最新鋭のゲーム機が完成したわけだし、みんなでプレイしてみましょ？　うまく起動すれば、量産して店の目玉商品として売り出していけることだしね」

「……別にそれは構わないけど。そもそも、それってどうやって遊ぶんだ？」

爽太は怪訝な表情で水晶玉を見る。

外見はただの水晶玉。魔法が使えない地球人の爽太には、いかにもこの世界のマジックアイテムっぽいその水晶玉の遊び方なんて、皆目見当もつかなかった。

爽太の疑問に答えるように、アリスがポンと両手を打つ。

「大丈夫です。実際にやってみれば簡単ですから」

「……そうなのか？」

「警戒しすぎよ、カナギくん。内容となる術式は、私も手伝ってちゃんと作ってあるから。絶対に安全安心だと保証するわ」

「むい。フィーたちの仕事にぬかりなし」

自信ありげに言いながら、ティアとフィーがグッと親指を立ててみせる。

爽太は反射的に眉根を寄せた。

……フィーが作って、ティアが手伝ったゲーム。

いかん。余計に不安しかない。

彼女たちのこっぴどいゲーム……というか最低限の娯楽にも満たないゲームもどきをこれまで散々に見てきた爽太としては、正直懸念を隠せなかった。鬼が出るか蛇が出るか。

まあそう邪推してばかりでは、始まるものも始まらないが。

爽太(そうた)が仕方なく頷(うなず)いてやると、ティアはニヤリと笑って水晶玉に手をかざす。

「じゃあ、さっそく。術式投影具(スパイラル・フォーミュラ)、起動――」


――バンっ!!


っと、その直後。

店の入り口の扉が、急に外側から勢いよく開かれた。

取りつけられた呼び鈴がカラカラと音を奏でる。完全に不意打ちをくらい、爽太たち四人はそのままの姿勢で硬直した。

「…………え？」

あまりに唐突な出来事(できごと)で、思考が追いついてこない。

呆然(ぼうぜん)とする爽太の視線の先には――一人の女の子がたたずんでいた。

目が覚めるような鮮やかな赤毛に、こちらを見据える強い意志を湛(たた)えた双眸(そうぼう)。

いかにも高価そうなドレスを身に纏(まと)っており、整った容姿も相まって、まるで西洋人形を彷彿(ほうふつ)とさせる。アリスたち三人に並ぶほどの絶世の美少女だ。

それが来客だと思い至るのに、爽太は数秒の時間を要した。

「お、お客様……？」

口には出したもののまったく実感が湧かず、爽太の声は自ずと呆けた感じになる。

……爽太が知る限り、これまで【アミューリア】を訪れる客はほとんど皆無だった。それほどまでにこの店は近所でも評判が悪い。

なのに、これは一体全体、どういった風の吹き回しだろう？

ひたすら混乱する爽太に、赤毛の少女は憮然とした態度で腕を組む。

「ふんっ。なに？　この店はお客の一人もまともに迎えられないわけ？」

「あ、いや。そ、そんなことは――」

「レイちゃん!?」

「……うげ。このタイミングで面倒なのが来たわね」

アリスが驚いたように目を丸くし、ティアがあからさまにイヤそうな顔をする。フィーはフィーで、コソコソと動いてカウンター裏に身を隠していた。

……もしかして、こいつらの知り合いか？

状況が呑み込めない爽太に、少女は遠慮の欠片もなくズカズカと店内に押し入ってくる。

「久しぶりね、【アミューリア】。顔を合わせるのは、この間の新作ゲーム発売日以来かしら？　見たところ、新顔が一人増えているみたいだけど」

鋭い眼光が爽太を睨みつけてくる。

途轍もない美少女ではあるのだが……なんだろう。雰囲気からして近寄りがたい印象がある。例えるなら棘のあるバラのような感じだろうか。

少し臆しつつも、爽太は気を取り直して彼女を見た。

「えっと。君は？」

「あら？　人に名前を訊ねるときは自分から名乗るのが礼節じゃなくて？」

「……う」

「ふん。なんだかドン臭そうな男ね。まあいいわ。あんた新人みたいだし、特別にあたしのほうから名乗ってあげる」

少女は高慢に鼻を鳴らすと、腰に手を当てて偉そうな感じのポーズを取った。

「あたしの名前はレイチェル・アルフェンス！　この町一番の大手商会、【ルルカンド】商会の者よ。そして――」

フルフルと。

少女の肩が小刻みに震え始める。

そのまま噛みついてくるようにキッと視線を上げて、

「このクソみたいなゲームに泣かされた被害者よッ!!」

…………。

…………。

…………悲報。

記念すべき初体験のお客様は、それはもう清々しいくらい見事なクレーマーだった。

○　●　○　●

店内には重苦しい空気が流れていた。

赤毛の少女――レイチェルと名乗った彼女は、あからさまに敵意がむき出しの目で爽太たちをガン睨みしてくる。

爽太は冷や汗を流しながら、近くにいたティアに素早く小声で囁きかけた。

(おい！　どうすればいいんだコレ!?)

(落ち着きなさい、カナギくん。ひとまずはあの面倒な赤毛を追い返すのよ。大丈夫、きっとあなたにならできるわ)

(俺に丸投げかよ！　ムリムリ！　なんか人一人くらいは軽く殺せそうな眼力で睨んでくるんだもの、あの子！　お前らこそなんか知り合いっぽいし、どうにかしてくれ！)

(イヤよ。クレーマーの対応は専門外なの。今後の創作活動に差し障るわ)

（いっぱしのクリエイター気取りかッ！）

（カナギくんならいけるいける。がーんばれっ♪）

（可愛い感じで応援してても絶対にやってやらんからな!?）

（……チッ。おかしいわね、男ならみんなこの呪文でホイホイと靡くはずなんだけど）

（お前のその偏った知識は、本当にどこ発信なんだ……）

ダメだ、ティアは役に立ちそうにない。

とりあえず期待薄でフィーのほうにも視線を送ってみると。


——カウンターの真横に、不自然極まりない小さな木箱がデンと置かれていた。


（ス、スニイイイイイイイイィィ————クッ!?）

あまりに古典的な隠密に、爽太は思わず頭を抱えた。

おそらくあのチビっ子は、その木箱の中に詰まっていると思われる。というか、さっきから微妙に動いたり、小さく咳き込んでいる音とかが聞こえてくるから、十中八九間違いはないだろう。かの伝説の傭兵もドン引きのスニークスキルの低さだ。

（なんなの？　なんでそんなお粗末な方法でうまく隠れたつもりになってる感じなのッ？　一応は魔法使いなんだから、せめてステルス系の魔法とか駆使しろよ！　あいつが天才魔法使いだって、もう俺は絶対信じないからな!?）

レイチェルとかいう赤毛の少女も、明らかに訝しむように木箱をチラ見していた。……バレてるッ、めっちゃバレてるよ、エージェント・フィー！

（くっ、フィーも役に立たないとなると……！）

頼れる人物は、残る一人。

この緊迫した空気に一番そぐわない、気弱で臆病なエルフ娘だけだ。

（……さすがにこの状況をアリスに押しつけるのは可哀想だよな。やっぱり俺がどうにか対応するしかないのか……）

重い気を引きずり、爽太は顔を上げた。

その直後。

「――レイちゃんっ！」

「――ほぐあっ!?」

急に走り出したアリスが、ロケットのような勢いでレイチェルに飛びついた。

仁王像のような気迫を湛えてこちらを睨んでいたレイチェルも、不意を突かれてバターンと押し倒される。

唖然とする爽太の足元で、二人の少女は床をゴロゴロと転がった。

「レイちゃんレイちゃんっ。また来てくれたんですねっ」

「ちょ……アリス！　なにすんのよッ!?」

涙目で叫ぶレイチェルに、アリスは人懐っこい笑みを浮かべて抱き着いた。

「いらっしゃいませ、レイちゃんっ」

「にゃあああああああッ!!　引っつくんじゃないわよ鬱陶しい！　ってか、あたしはあんたの店に文句をつけにきたのよ!?　馴れ馴れしくすんな～～～～っ！」

レイチェルは顔を真っ赤にしてジタバタと抵抗する。

爽太にはまったく事態が呑み込めなかった。

「……えーと。ア、アリスさん？」

「――あ。す、すみません、ソータさん。事情も説明せずに」

爽太が恐る恐ると声をかけると、アリスはハッとしたように顔を上げた。

「こちら、レイチェル・アルフェンスさん。この街にある商会、【ルルカンド】の一人娘さんです」

「ルルカンド……？」

「はいっ。ルルカンド商会は様々な商売に手を出していて、多くの街に支部を持つほどの超大手なんですよ。その中には、ゲームを専門に取り扱ったマジックショップもあって。ルルカンドのゲームは毎回とても完成度が高く、街の人たちにも評判なんです！」

アリスはまるで自分のことのように嬉しそうに紹介をしてくれる。

一方、紹介されている当のレイチェルは、仏頂面でぶすっと爽太を睨んでいた。

「なに、あんた。まさかうちほどの有名な商会を知らなかったわけ？」

「それは……すまん、普通に知らなかった」

「ふん。どうやら、とんだ田舎者のようね」

レイチェルはパンパンと服を払いながら立ち上がる。

その一挙一動、一語一句に、プライドの高さが見て取れた。

爽太は思わず顔をしかめる。……この子、見た限りでは典型的な金持ちお嬢様タイプか。いかにも高飛車でこちらを見下しているっぽい。少しだけ苦手意識を抱いてしまう。

「レイちゃんは、定期的にうちのお店のゲームを買ってプレイしてくれるんですよ？　それで、いつもわざわざ立ち寄って感想を伝えに来てくれたりもして」

「ぶッ⁉　バ、バカっ！　余計なこと言ってんじゃないわよ⁉」

とか思っていたら、アリスが満面の笑みで補足してくれた。

真っ赤な顔であわあわするレイチェルに、爽太はすぐさま白けた半眼を向ける。

「なんだ…………ただのツンデレか」

「なんで急に冷めきった目であたしを見てくるのよッ⁉」

「ツンデレ。ツンデレと言えば、二次元の中でのみ生息を許された幻の非現実的生物。よって俺は今この瞬間……君から一切の興味を失ってしまった。申し訳ないが」

「初対面なのに究極的に失礼なんだけどこいつ!?　そ、そもそもあたし、ツンデレじゃないし！　べつに【アミューリア】のためとか、感想を楽しみにしているアリスの期待に応えるためとか、そんなんじゃないから！　いくら弱小マジックショップでも、一応はうちの商会のライバルであるわけで……て、敵情視察よ、敵情視察！」

「そのわっかりやすい動揺と言い訳こそが、すでに君がツンデレである何よりの証拠だ。さあ、大人しく白状して二次元の巣に帰るといい、ツンデレよ」

「ちーがーうッ！　あたしは現実の人間だし！　ゲームのキャラみたいに言わないで！」

レイチェルは腕を組んで不機嫌にそっぽを向く。

……マジでいるのか、こんな絵に描いたような天然産ツンデレが。異世界、恐るべし。

ただまあ、ツンデレというだけで今の物言いはあんまりだったかもしれない。つい現実博愛センサーが働いてしまったが……素直に反省する。

「……確かに今のは失礼だったな。俺が悪かったよ」

「う、うん？　なんか急に紳士になったわね。なんなのよ、このヘンな新人……」

「えへへ。それがソータさんですから」

顔を引きつらせるレイチェルに、アリスがニコニコ顔で応じる。

爽太は気を取り直して、レイチェルに向き直った。

「んで。その大手商会のお嬢様？　っぽい人が、うちに何の用なんだ？」

「そ、そうだったわ。いい質問ね、新人。……まずはこれを見なさい？」

レイチェルが思い出したように頷いて、カウンターに歩み寄る。

そしてカタンと。何か四角い物体をカウンターの上に載せた。

「これって……？」

それは、小さな正方形の石板だった。

爽太にとっても見覚えのあるものだ。この世界におけるゲームカセット――術式を保存したマジックアイテムである。

これをゲーム機本体にセットして、モニターに映すことで、初めてこの世界のテレビゲームを遊ぶことができる。先ほどの水晶玉……スーフォミとやらが最新鋭のゲーム機であるなら、こちらは旧来のマシーンといったところだろうか。まあ動力が魔法なだけで、見た目や仕組みは地球の据え置き型ゲーム機と大差ないと思ってくれていい。

「……ゲームカセットだな。タイトルは……『ストーリーファイト』？　なんだこの明らかにパチモンっぽい駄作感漂うゲームは？」

「あ、それ。一か月ほど前に発売したうちのオリジナルタイトルです」

「うちのゲームかよ!?」

うん、ある程度の予想はできてたけどね！

辟易とする爽太を脇目に、レイチェルは仏頂面でその石板をカウンター上のゲーム機にセットした。モニターを起動し、ゲームを開始させる。

「あたし、今日はこのゲームについてのクレームをつけにきたのよ」

「……まだ始まる前だけど。先に謝っておく。本当にすみませんでした」

一か月と言えば、ちょうど自分がこの異世界に来る直前の話だ。

すでにイヤな予感しかしない爽太としては、前払いで頭を下げる以外になかった。

「この『ストーリーファイト』は、格闘家の主人公が各国の猛者と戦い、頂点を目指すという内容の格闘ゲームよ」

若干据わった目つきになって、レイチェルはピコピコとコントローラーを操作する。

……どうやら、実際にゲームをプレイしながら直接クレームをつける気らしい。

クレーマーにしてはやけに真面目と言うか……順を追って丁寧な子だ。

安っぽいタイトル画面から見るに、この『ストーリーファイト』は二つのモードで遊べる仕様になっているようだった。プレイヤー二人で戦える対戦モードと、CPU相手に勝ち進んでいくストーリーモード。今回レイチェルはストーリーモードのほうを選択した。

画面が切り替わり、初戦となる対戦相手とのカットインが表示される。

プレイヤーのレイチェルが操作するのは、いかにも主人公っぽい見た目の『リュウジ』という格闘家キャラクター。

対する敵CPUは、『アンデルセン本庄（ほんじょう）』という名の大柄の巨漢である。

「今のところは普通だな」

「今のところはね。……ここから見てなさい？」

すぐに対戦画面に切り替わり、バトル開始のゴングがカァンッと打ち鳴らされる。

瞬間、レイチェルの手元が素早く動いた。

まるで残像を発生させるがごとく、超高速――いや、超神速の指捌きでコントローラーを操り始める。

「速ぁッ!? っていうか、うまっ!?」

「うるさい！　集中するから黙ってなさい！」

驚愕していると、普通に怒られた。

あまりの気迫に、爽太は堪らず言葉を呑み込む。

レイチェルは画面を食い入るように見つめながら、無心でプレイを続けていた。その姿は単純に遊んでいる感じではなく、さながら最大の集中力を有する特殊部隊の爆発処理班みたいな有様だ。……うちのゲームを爆発物に例えるのは忍びないけど。あながち間違ってないところが、一段と悲しいけど。

（どんだけ本気なんだよ……たかだかクレームをつけにきたゲーム相手に）

しかし、爽太が呆れる一方で、そのプレイスキルはすさまじい。

レイチェルが操作する『リュウジ』は、低画質のゲームらしからぬヌルヌルとした動きで画面内を縦横無尽に飛び回っていた。弱攻撃と強攻撃を巧みに絡めたコンボで、対戦相手の『アンデルセン本庄(ほんじょう)』を圧倒している。

その反面、レイチェルの操作技術がすごすぎて、もはや『リュウジ』の挙動が悪霊に取(と)り憑(つ)かれたレベルでキモチワルイ感じになっており……ゲームキャラとはいえ、ちょっと可哀想(かわいそう)に思えてくる。

「う、うますぎる……」

「当たり前よ。このゲームを攻略するのに、ここ一か月のすべてを費やしたんだから」

「……って、はぁ!? 攻略に一か月!?」

「しっ！ 黙って！ 本当の地獄はここからなのよ……！」

レイチェルが鬼気迫る顔で告げた、その瞬間。

一瞬の隙をついて、今まで防戦一方だった『アンデルセン本庄』が反撃行動に出た。

着地時を狙うように、『リュウジ』へ向けて連続の張り手を繰り出す。

張り手に次ぐ張り手。

初撃を受けてしまった『リュウジ』は、体力をゴリゴリと削られて――。

『ぐうわあ……ぐうわあ……ぐうわあ……』

「そ、そのまま終わった――――っ!?」

攻撃を脱する暇など一切なく。

『リュウジ』は断末魔をエコーさせて地面に沈んだ。

可哀想と言うか、なんかもう一周回って滑稽にすら見える絵面である。

画面をいったんポーズさせて、レイチェルはギロリと背後を睨んだ。

「はいこれ！　このぶっ壊れ性能の巨漢キャラを作ったの誰よ!?」

「…………むぃ」

「お前の仕業かッ！」

木箱を持ち上げてそろそろと挙手するフィーに、爽太はガクリと項垂れた。

「なんで通常技の張り手が、ハメ仕様のデスコンボになっちゃってんの!?　バランス崩壊も甚だしいわ！」

「……だって。『百回張り手』って技だから。ちゃんと百回攻撃させないと」

「そこ忠実に再現させてどうすんだ!?　なら技名変えろし！」

「十回張り手とか？　……ぷっ、弱そう。ソータ、さすがにそれない」

「なんか小バカにされた!?」

「もういい、次よ！」

一本目の試合を落としたレイチェルだったが、その後は『アンデルセン本庄』に一回の張り手の余裕も与えず連続で瞬殺した。……簡単にやってしまっているが、よくよく考えると恐ろしい。普通なら、開始三秒ともせずにコントローラーぶん投げるレベルの無理ゲー仕様だろうに。この赤毛の少女に、爽太は戦慄さえ覚える。

そうこうしているうちに、画面は次の対戦舞台へと切り替わった。

「次の相手は、このモヒカン巨漢『ゾンビエフ』よ」

「……ま、また巨漢キャラかよ。巨漢の割合多いな、このゲーム」

「驚くのは早いわ。このモヒカンは投げ技を得意とするキャラなんだけど……技を繰り出した瞬間、吸い込まれるのよ」

「吸い込まれる？」

「画面の端から端までの範囲でね」

「範囲でけぇッ⁉」

もはやデスコンどころの騒ぎじゃなかった。

急ぎ爽太が視線を向けると、後ろにいたティアがニヤリとほくそ笑んでみせる。

「……ふっ。うちのゾンビエフは、どんな高性能掃除機にだって負けはしないわ」

「何故(なぜ)に得意げ⁉　どこに対抗意識燃やしてんだ！」

「しかも、このモヒカン……ダウンすると妙にリアルなのよ。…………パンツのシワが」

「ものすごくイヤな部分がリアルだな⁉」

「ええまあ！　私もエロゲーマーとして、パンツのシワには妥協できないからねッ！」

「その自信に満ち満ちたキメ顔やめろ！」

ダ●ソンも驚きの吸引力に、勝ってもモヒカン巨漢のM字開脚パンモロ。

……どちらにしろ、紛れもない地獄絵図だった。

しかしレイチェルは、そんなことなど一切お構いなしに、お得意のヌルヌル動く『リュウジ』で『ゾンビエフ』をまた瞬殺した。

なんかもう動きが速すぎて、傍から見ている爽太には何が起こったのかすらもわからなくなってきた。主人公のバトルを片隅で見守る解説役の脇キャラみたいな気分だ。

そんな中、レイチェルの勇姿を讃えるように、KOをくらった『ゾンビエフ』の妙にリアルなレスリングパンツが画面内に燦然と輝いている。……うん、やっぱ地獄だコレ。

「次よ！」

……その後も。

レイチェルは理不尽極まりない性能を持つ敵を、次々に薙ぎ倒していった。

恐るべき技量もさることながら、彼女の折れない精神力に爽太は舌を巻く。

こんなバランス崩壊のゲームを、少しの集中力も切らさずに攻略していく鋼の心。畏怖の念を抱かずにはいられない。……目だけは常に限りなく死んでいたけど。

「つ、次でラストか？」

「……そうね。正真正銘、これが最後の敵よ」

そして、ほんの二十分ほどのプレイで、レイチェルは最終ボスまで行き着いてしまった。とはいえ、スムーズにここまで進めるためには、相当の努力を要したことだろう。その詳細は……恐ろしくて爽太にはとても想像できない。

彼女が言っていた「攻略に一か月を費やした」という意味を、痛いほどに理解した。

「ボスはこの赤いベレー帽をかぶった巨漢か？　……また巨漢なのか」

「ええ。このゲームのプレイアブルキャラの九割を占める巨漢たち。その巨漢軍団をまとめ上げる巨漢の中の巨漢――『巨漢の王』よ」

「……もう『巨漢ファイト』でよくね、このゲーム？」

巨漢を連呼しすぎて、巨漢がゲシュタルト崩壊を起こしそうだ巨漢。

爽太が白けたツッコミを入れる間にも、画面内で最終バトルが始まる。

「――うらっしゃあああああああああああああああッ!!!」

美少女らしからぬ裂帛の叫びを上げて、レイチェルがコントローラーを高速でさばいた。

すでに『リュウジ』の必殺技と化しているヌルヌル高速移動が炸裂する。しかし、相手もさすがに最終ボス。今まで以上の理不尽極まりない動き――というか、もはや距離の概念すら無視したワープ移動みたいな反則技で、画面内をヒュンヒュンと飛び回る。

「ぐおおおおおっ！　ふんぎいいいいいいいいいっ!!」

レイチェルはコントローラーを振り回すようにして、奇声を発しながら画面を睨んでいた。……ゲームに集中するあまり、体ごと動いちゃうやつだ。

画面内で繰り広げられる、超人レベルのヌルヌルVSヒュンヒュンの死闘。

絵面的にものすごくキモチワルイが、戦況はまさに一進一退。

最初こそ呆れ半分に眺めていた爽太も、次第に固唾を呑んで画面を見守り始めた。

「おいおい……。これ、マジで勝っちゃうんじゃないか？」

「…………ッ」

レイチェルからの返事はなかった。

集中力が極限まで高まっている証拠だ。文字通り、一瞬でも気を抜けば『死』。途中セーブ機能もない都合上、これまで積み上げてきたものが無に帰ってしまうのだから。

しかし、そのプレッシャーの中でもレイチェルのプレイスキルは微塵も揺らがなかった。

徐々に体力を削られながらも、それを僅かに上回って相手を押し返す。

『――ふぬはぁっ!!』

っと、そのときだ。

体力ゲージが半分ほど削れた『巨漢の王』の全身が、突然カッと光を放った。

丸々と肥え太った体が、黄金に輝き始める。

「ぬおっ!?　い、いきなりどうしたッ!?」

「出たわね！　『三倍速モード』！」

「三倍速⁉　なんだその安直すぎるけど聞くだけで理不尽とわかるふざけたモードは⁉」

「これこそが『巨漢の王』の本気よ……！　あたしは今までこのモードを上回ることができず、惨敗を喫してきたわ……。でも！」

レイチェルの瞳に、鮮烈な闘志の炎が宿った。

「今日こそ絶対に勝ぁつッッ‼」

それはもはや単に文句をつけにきたクレーマーの声ではなく、あらゆる理不尽を乗り越えんとする、ガチゲーマーの魂の叫びだった。

事実、レイチェル本人はもはやクレームのことなど忘れているのだろう。あるいは今日ここでクリアすることで、このクソゲーに対して意趣返しをするつもりなのかもしれない。

「うりゃりゃりゃりゃりゃりゃりゃあああああぁぁぁっ‼」

『ふんはああああああああああああああああああっ‼』

画面内の『リュウジ』とシンクロしたレイチェルの叫びと、応戦する『巨漢の王』の叫びが重なる。互いの拳は処理落ちと言う名の残像を生み出し、激しくぶつかり合った。

……のだが。

「――――ん？　って、おい。ちょっと待て……⁉」

瞬間、爽太は大きく目を見開く。

画面内の何かがおかしい。……いや、おかしいのは元から充分になのだが。その元からに、輪をかけて違和感を覚えた。

互いに変態的な動きをしている『リュウジ』と『巨漢の王』。戦う二人のグラフィックが、処理落ちのせいで何重にもブレて見える。それだけならまだいい。しかし、処理落ちに処理落ちを重ねた結果、キャラグラ自体がどんどん歪んで崩れてきており……。

——最終的に、二人して首や関節が百八十度ほどグリンっと回転していた。

「きもちわるぅっ!?」

「うっさいわよッ！　集中力が途切れるでしょうが！」

「いや、だってお前!?　絵面がとんでもないことになってるんだけどッ!?『リュウジ』の首とか腕とか、あらぬ方向へグリンって！　前を向いてるはずなのに後ろ向きっつーか、生物学上的にありえないムーンウォークをかましちゃってるものコレ!!」

「動きさえするなら何も問題ないわ！」

「『リュウジ』の体をもっと労ってあげて!?」

『——見せてやるぜ！　こいつが俺のとっておきだ!!』

「リュウジィィィィィィィィィィィ————ッ!!　なんか必殺技を放ってる感じだけど、全身グリンのせいで、どんな技なのか正直よくわかんない！　むしろそっちのほうが必殺技っぽくなってるッ！」

恐い恐い恐い！

もはや狂気すら感じさせる絵面に、爽太が戦々恐々としていると。

……さらに画面が乱れ、激しいノイズが走った。

そして──。


──ザザザッ……ピ──────。


「「…………」」

……乱れた画面のまま、完全にフリーズする。

テレビの前に置かれたゲーム機がブスブスと黒い煙を噴き上げ始めた。

レイチェルは険しい顔つきでフリーズした画面を睨みながら、試すようにコントローラーをカチャカチャといじる。しかし、当然無反応。それでも構わずにカチャカチャ。

カチャカチャ、ポチポチ。

カチャカチャ、ポチポチポチ、カチャカチャ、カチャカチャ、カチャカチャカチャ………。

「……………………」

「……？　お、おい？　……──おいッ!?　し、しっかりしろぉ！」

レイチェルはコントローラーを握ったまま……真っ白な灰と化していた。

白目を剥き、口からプスプスと煙を吐いている。……悲しいことに、こちらのほうがフリーズしたゲーム機よりよほど重症だ。南無三。

「――――ぅ」

とか思ったら、少しだけ反応があった。

「おぉ？　……よ、よかった、生きてたか……。大丈夫か、お前？」

「――うぅう……ぐぐっ……あぁぁぁあああにゃああああああああああああああああああああああああああああああっっ!!!」

「うおおいっ!?」

安堵したのも束の間、早々に発狂なされた！

……ああいや、その気持ちは痛いほどわかるが。美少女が発狂する場面とか、色々な意味であまり見たくはない光景だ……。

「お、落ち着け！　お前の怒りは尤もだけど！」

「フッシャアアアアアッ！　離しなさいよ、新人！　このアホたちに、あたしが受けた痛みを少しでも思い知らせてやるんだから〰〰〰〰っ!!」

拳をブンブンと振るレイチェルを、爽太は慌てて取り押さえにかかる。

彼女の心底悔しそうな様子に、思わず涙を禁じ得なかった。

「処理落ちでッ、ゲーム機ごとバグるくらいならッ、最初からこんな超無理ゲーに仕上げてんじゃないわよおおおおおおおおおおおおおおっ!!　なに!?　マジでなんなの!?　あんたたちは人を如何に効率よく絶望させるかの研究でもしてるわけ!?」

「……レイ、怒ると健康によくない。へーじょーしん、へーじょーしん」

「誰のせいで頭にきてると思ってんのよ!?」

「まだ若いのに小じわが増えちゃうわよ？　あなたほどの美少女を失ってしまうのは、私としても非常に惜しいわ……」

「だから、失いそうになってるのはあんたたちのせいでしょうがッ！」

「……うぅ。ごめんなさい。本当にごめんなさい、レイちゃん……」

「…………うっ！」

そのとき。

涙を潤ませてしょんぼりと謝罪するアリスに、レイチェルはグッと言葉を詰まらせた。

「……べ、べつに。あんたがこのゲームを作ったわけじゃないんでしょっ？」

「ううん！　それでも、うちのお店のゲームだもんっ。迷惑かけてごめんね、レイちゃん！　次こそ、次こそ絶対にいいものを作ってみせるから……だから……！」

「うぐッ……。あ、ああもうッ！　わ、わかればいいのよ、わかれば！　いちいち泣かないでくれるッ？　メンドくさい！」

「むー。レイがアリスを泣かせた」

「あー。いけないんだー」

「あんたたちはちょっとくらい反省しなさいよ!?」

ギャーギャーと騒ぎつつも。

彼女たちの間にある空気は、こなれているというか、あまりイヤな雰囲気じゃなかった。

たぶん、これが彼女たちの日常的なやり取りであるのだろう。

爽太はやれやれと嘆息して、押さえていたレイチェルの腕を離した。

「俺からも謝る。うちのゲームで迷惑をかけた」

「……なによ、新人。あんたには関係ないでしょう?」

「まあ……確かにこのゲームの開発には関わってないんだが。今は一応、俺もここの店員だからさ。うちの奴らが迷惑かけたってことで」

「…………」

レイチェルは急に訝しげな目でずいっと身を寄せてきた。

爽太は堪らずに面喰う。

「な、なんだ?」

「……あんた。ここにいる【アミューリア】の連中とは、少し違うみたいね。人族みたいだし、ゲームに関する感性や知識もマトモっぽいし」

レイチェルはさらに目を細めて、

「経済的に余裕のないはずの【アミューリア】が、新人を雇った時点で違和感を覚えてたんだけど。あんたは何者？　どういう経緯があってここで働いているの？」

不躾に質問をぶつけられて、爽太は返答に迷った。

まさかバカ正直に「別の世界から来た人間です」と答えるわけにもいくまい。アリスたちは信じてくれたが、最悪、頭のおかしい奴だと思われかねない。

ここは適当に誤魔化すのが吉だろう。

そう思い、爽太が口を開きかけた——矢先。


「ソ、ソータさんはっ！　わ、わたしの……お、お婿さん、ですっ！」


突飛な爆弾発言が、隣のエルフ娘から飛び出した。

「…………………………はい？」

「ちょ、アリスッ!?　だ、だからその話は——！」

「も、もちろん！　ソータさんがイヤじゃなければの話ですけど！」

ポカーンとするレイチェルと、顔面蒼白な爽太を尻目に、アリスは決意の固まった表情でグッと拳を握ってみせた。

「で、でもっ。ソータさんのために、わたしは精一杯頑張るつもりですっ！　お、お嫁さんがイヤなら、せ、せめて、こ、ここここここの体を差し出すだけでも……！」

「ストップストップ！　なあアリス、落ち着こ？　いったん落ち着いて深呼吸しようッ？」

「それとも……ソータさんはやっぱり、わたしなんかいらない、ですか？」

「なんでそうなる!?　いや、いるとかいらないとか、そういう問題じゃなくて！　俺にも色々と事情があるっていうか……ああくそ、そんな泣きそうな顔するなよ!?」

泣き顔になるアリスに、爽太は必死になって腕を振る。

レイチェルは固まった表情のまま、ギクシャクとフィーやティアのいるほうに首を向けた。

「え、なに？　どういうこと？」

「んー？　まあ大体、今二人がベラベラしゃべってた通りの事情よ」

「ソータ、うちの店手伝う。その代わり、アリスもらう。そういう契約」

ビシリと。

レイチェルの表情に、亀裂が走った気がした。

「つ、つまり……アリスはあの男に、か、かかかかかか体を売ったの……!?」

「お――――いっ！　なんか恐ろしい誤解が生まれてる！　そうじゃない、断じてそうじゃないからねッ!?　まずは俺の話を――――ぐぇぇっ!?」

弁明しようとした爽太の胸倉を、レイチェルが素早く締めあげた。

真っ赤な顔でプルプルと肩を震わせながら、真っ直ぐに睨み据えてくる。

「か、体目当てなんてサイテー！　っていうか、どんな卑怯な話術で取り入ったのよ!?　このヘンタイ！　詐欺師野郎っ！」

「ちょ、お前も落ち着けって！　勘違いだから！」

「さあ白状しなさい！　アリスの旦那になってどんな変態的なことを要求するつもりなの!?　裸エプロンで『わたしを食べて♪』とか？　それとも赤ちゃんプレイでおっぱい吸い放題!?」

「疑う内容が妙に生々しいな!?」

「——あ、裸エプロンならもうしましたよ？」

「ぶふぅッ!?」

「アリィィィィィィィイスッ!!　余計なこと言わなくていいから！　誤解だけが果てしなく広がっていってしまうからあああああああああああああっ!!」

きょとんと小首を傾げるアリス。

悪気がないのはわかる。だが、この状況での天然はある意味で罪だ。

ダラダラと汗を流す爽太を、もはや爆発寸前に赤面したレイチェルが鬼の形相で睨みあげてきた。

「こ、ここここンの——ド変態ッッ!!」

「ぶベッ!?」

バチコーン！ と。

爽太は思いっきり張り手をくらって吹き飛ぶ。

「不潔！ 最低！ ゴミムシ以下の詐欺師野郎！ あんたなんか、ゲーム機の角に小指ぶつけてデータが全部ふっ飛んじゃえばいいのよ――――――っ！」

「レ、レイちゃん！」

意味不明な捨て台詞を残して、レイチェルは店の外へダーッと駆けだしてしまった。

呆然とする爽太とアリス。

すると、一歩下がって事態を眺めていたティアとフィーがゆっくり歩み寄ってきた。

「むい。クレーマー、撃退完了」

「ナーイス。ファインプレーだったわよ、フィー」

「お前ら!? わざと勘違いを煽るような言い方しただろ！」

「まーまー。男の子なんだから、クドクド言わないの。色々と脱線しちゃったけど、ようやくお邪魔虫もいなくなったわけだし。今度こそ、このスーフォミで遊びましょっ」

ティアは弾むような声で言って、改めてカウンターの水晶玉を手に取った。

アリスとフィーも顔を見合わせ、爽太に向かってコクコクと頷いてみせる。

……こいつら。誰のせいで俺が酷い目にあったと思ってるんだ。

不満を抱きつつも、いつも通りと言えばいつも通りのことで。

爽太は半ばあきらめ半分に嘆息した。

「もう……好きにしてくれ……」

「あらら～。テンション落としちゃって。まあ気楽に遊べば暗い気分も吹き飛ぶわよ♪」

悪びれる様子もなく言って、ティアは水晶玉に意識を集中させるようにした。

すると、彼女の手のひらに魔法陣が浮かんだ。

透明な水晶玉の内部に小さな火花がチリチリと発生し、線香花火のように徐々に勢いを増していく。それから乱反射するみたいにして、水晶玉自体も鮮烈な光を帯び始めた。

「むふぅっー！　ついにくる……っ！」

「いよいよなんですねっ！」

「…………」

興奮気味に手に汗握るアリスとフィーほどではないが、爽太も少しだけ緊張していた。

全員が期待をかける最新鋭のゲーム。果たしてどんなものなのだろうか？

見守る中、意識を集中させていたティアが大きく目を見開く。

「術式投影具(スパイラル・フオーミユラ)、起動――――!!」

高らかにされる宣言。

水晶玉が一層強い輝きを放つ。

その幻想的な光景に、爽太はゴクリと息を呑み──。

──プヒュゥゥゥゥゥゥゥゥン……。


……気抜けた音と共に、水晶玉が輝きを失った。

後はうんともすんとも言わない。ブスブスと黒い煙を噴き出すだけだ。

爽太たち四人は数秒間硬直したまま、言葉を失った。

「……え、えーと？　フィー？」

「…………………てへっ」

「『てへっ』じゃねーよ⁉」

舌をチロっと出して誤魔化そうとするチビっ子の頭を、爽太はパシンッとはたく。

「結局は失敗作か！　連続で同じオチとかもう笑えねえよ！」

「……処理落ちだけに？」

「うまいことかけてんじゃねえッ！」

「ま、まあまあ。すごく高度なものですし。怒らないであげてください」

ツッコミ倒す爽太を、アリスがあせあせと宥める。

結果として、壮大な肩透かしをくらっただけに終わってしまった。……一体、今までの騒ぎとはなんだったのか。

　爽太は虚しい気持ちになって脱力する。

「本当に、こんなんばっかか……。クレームつけられても文句言えないだろ……」

「たまにはこういうこともあるわよ。スーフォミは調整するとして、また次の機会に遊べばいいわ」

「……そのポジティブさをもっとプラス方面に活かしてくれ」

「むいっ。次こそ大丈夫。フィーはできる子！」

　その次と言うのも、あまり期待できなくはあるのだが……。

　そんなことを思いつつ——爽太はふっと顔を上げた。

　レイチェルが走り去っていった店の扉を見る。

（【アミューリア】とは別のゲームショップ……つまり、ライバル店か）

　特にどうというわけではないのだが。

　今日のことでそういうものもあるのだと、改めて再認識する。

　ちょっと気合を入れ直そうかな？　……なんて心の片隅で少しくらい思わなくもない、そんなある日の爽太だった。

Date.4　たぶん俺の人生ゲームは間違っている

「――ついに完成したっ！」

ある日の【アミューリア】の店内にて。

フィーがサッカーボール大くらいの水晶玉を掲げて、高らかに宣言をした。

そのどこかで味わったような既視感に、爽太が「デジャヴ？」と首をひねっていると、隣にいたアリスとティアがハッと息を呑む音が聞こえてくる。

「フィーちゃん、ついに完成したんですか⁉」

「ふっ。このときを待ちわびていたわ」

「……おい。何事もなかったように先日と同じ展開を再現するな」

「先日？　フィー、ナンノコトダカ、ワカンナーイ」

「いや、ものすごい目が泳いでるし！　しらばっくれるにしても、もう少し頑張ろう？」

「わーっ！　ダメですよ、ソータさんっ！　フィーちゃんが前回のことを全力でなかったことにしようとしているのに、そこを責めてしまったら……きっと落ち込んで、自室に引きこもっちゃいます！」

「ゲーマーヒッキーの心は常人が想像するよりも遥(はる)かにナイーブなのよ？　これはアレ、評判の悪かった今までのナンバリングタイトルをすべてなかったことにして、ディレクターが『初作の正当続編ですー』とかしれっとした態度で新作を発表する、あのなんともツッコミづらい感じと同じやつ。空気読みなさいな、カナギくん」

「め、面倒くせえ……！」

　確かにアレはツッコミづらい。ディレクターとしてはまっさらな再スタートを切りたいのだろうが、公式でやられると受け手側としてはなんとも言えない気持ちになる。

　そのなんとも言えなさを必死に擁護しようと、二人は口元に人差し指を当てて「しーっ」と戒めてくる。爽太はもはやツッコむ気力も失(う)せて、カウンターに突っ伏した。……こういう甘やかしはあんまりよくないと思うのだが、空気を悪くするのも嫌だし、黙っておく。

　こちらでゴチャゴチャとやっている間も、フィーは術式投影具(スパイラル・フォーミュラ)——略してスーフォミについてを、ペラペラと自慢げに語っていた。……内容は思いっきり前回の繰り返しだったが。相変わらずマイペースというか、こっちの気苦労や心遣いを見事なまでに察しないというか……結論、場の空気を読めない奴(やつ)である。

「そういうわけで、さっそくプレイ！」

「……また失敗ってオチだけはなしにしてくれよ」

「むー……。ソータ、くどい。フィーの辞書に二度目の失敗ない」

言って、フィーはスーフォミに魔力を込め始めた。

すぐさま内蔵された術式が起動。魔法陣が展開する。

フィーの表情が、必死さを表すようにしかめられた。

「くっ……くっ……くぅっ……！」


――――プヒュゥウウウウウウン……。


…………。

……どうしよう。

もう、なんと声をかけてやればいいのかわからない。

アリスとティアも顔面蒼白になっており、フィー本人に至っては……動かなくなったスーフォミを抱えながら、真っ白に固まっていた。

「……む、む、むむむむむ……」

っと、そのとき。

わなわなと震え始めたフィーが、カウンターの上に停止状態のスーフォミを置く。

彼女は心を落ち着かせるように、数回深呼吸を繰り返すと。

とたん目をカッと見開き――思いっきり右手をふりかざした！

「むいいいいいいいいいいいいいいいいいいいいいッッ!!!」

(((な、殴った――――――――――――――――――ッ!?)))

綺麗にナナメ四十五度を狙った、見事なまでのチョップだった。

ガキンッと鈍い音がして、スーフォミ本体が衝撃に軋む。

瞬間、水晶玉内部にバチバチと火花が発生し、鮮烈な輝きを帯びた。

「むい！　直った！」

「えええええええッ!?　ちょ、おまっ、昭和にあった接触不良を起こしやすい電化製品じゃあるまいに！　今ので直っていいの!?　マジックアイテムなのに、物理で直っていいの!?」

手をじんじんさせて涙目で言うフィーに、爽太は多大なショックを受ける。

「とにかく、これで遊べる！　万事解決っ！」

フィーは押し切るように、胸を張ってそう告げた。

物理で復旧するマジックアイテムな時点で、すでに遊ぶ気が九割ほど失せていたが……

アリスとティアに「しーっ」とされて、仕方なく黙った。たとえ異世界だろうが、この世には理不尽でままならないことが多々あるらしい。

爽太が肩を落としている間にも、スーフォミは順調に起動を続けていた。

というか、水晶玉内部で弾ける光が尋常じゃないくらい強くなっていて、これはこれで不良を起こしたんじゃないかと不安に駆られる。

「お、おい。これ、大丈夫なのか？　溢れ出てくる光の量がハンパじゃない感じだぞ」

「問題なく順調。もう少し、もう少し。…………………きた！」

そのとき、何かを感じ取ったみたいにフィーが叫んだ。

同時に、水晶玉から溢れる光が爆発的に膨れ上がる。瞬く間に店全体へと拡がり、埋め尽くすようにして、その場を真っ白に染め上げた。

「ぬおおおおおおおっ⁉」

「きゃああああああああっ！」

爽太とアリスの悲鳴が重なった直後。

その場の空間が…………グニャリと歪んだ。

○　●　○　●

「…………うっ」

数秒の間を置いて。

手で視界を庇っていた爽太は、恐る恐ると顔を上げる。

……すると、周囲の景色が一変していた。

見覚えのない城下町の景色が、延々と広がっている。

立ち並ぶレンガ造りの建物に、大通りを忙しなく行き交う人々。

そして遠くには、そびえ立つ巨大な城が確認できた。

「し、城……？　どこなんだここはッ？」

「——むい。言うまでもなく、ゲームの世界」

「——どうやら成功したみたいねー」

「——ふあああっ。すごい、まるで本物みたいです！」

混乱していると、爽太の隣に三つの魔法陣が浮かび上がった。

すぐに、アリス、ティア、フィーの順番で、彼女たちがその場に召喚される。

「ゲームの世界……!?　ここが!?」

「むい。厳密に言うと、魔法で作られた亜空間」

フィーは説明しながら、自慢げにニヤリとほくそ笑む。

爽太は信じられない思いで目を剥き、逆にアリスは感動するように目を輝かせた。

「すごいっ！　噂には聞いてましたけど、これが最新鋭のスーフォミなんですね！」

「……う、嘘だろ？　マジでこれ、ゲーム？」

「嘘じゃないわよ。スーフォミはそういうマジックアイテムだもの」

動揺する爽太に、ティアは自分の体をチェックするようにしながら受け応えた。

「魔法で作った亜空間にプレイヤーを疑似召喚して、遊ぶことができるの。組み込む術式によって内容やルーリングは自由自在。もちろん疑似だから、何があろうと直接の肉体に害を及ぼすことはないわ」

「…………！」

つまりアレか。

冗談抜きの…………魔法版、ＶＲ技術？

俄かには受け入れがたい現実に、爽太は軽い眩暈さえ覚えた。

いや、異世界に転生した時点で充分に受け入れがたくはあるのだが。この世界は、珍妙な特徴の住人も含めて、妙に俗っぽいところがあったりもした。とにかく、自分がまだ耐えられるレベルのファンタジー度合ではあったのだ。不幸中の幸いであることに。

しかし、今置かれている状況は正真正銘のドファンタジー。

魔法で作られた、なんでもアリの亜空間である。

先ほどから、ダラダラと冷や汗が止まらない。

「ふふん。ソータ、驚いた？　これがフィーの実力。驚くついでに、さっきの無礼を謝って、喉が張り裂けるまでフィーを褒めたたえ続けるといい――」

「――ゲボロロロロロロッ」

「むびゃあああああっ⁉」

　膝を折って突然ゲロゲロやり始める爽太に、フィーが青い顔で後ずさる。

　ティアも顔を引きつらせてドン引きする中、アリスだけがすぐに駆け寄ってきて、甲斐甲斐しく背中をさすってくれた。

「ソータさん、平気ですかっ？」

「……わ、悪い、アリス……。唐突な非現実に、俺の現実博愛センサーが容量オーバーを起こしちまったみたいでな……。汚いから近づかないほうがいいぞ？」

「そんなことないですっ。魔法を見ていつもゲボゲボしちゃうからこそ、ソータさんはソータさんなんじゃないですか！　わたしはそれくらいで汚いなんて思ったりしません！」

「アリス、お前……」

「ソータさん……」

「……ちょーい、カナギくん？　なんか感動シーンのようにやってるけど、ゲロ＝あなたみたいな感じで扱われてるからね？　アリスもうまいフォローになってないのわかってる？」

　白けた目をするティアを余所に、爽太はヨロヨロと立ち上がった。

　そして口元を拭いつつ、なにかを悟ったような穏やかな表情を浮かべる。

「……ああ、そうだったのか。あんまり賢くない天然エルフに、卑屈で虚弱体質なヒッキードワーフ、そして中身が完全にオッサンなエロゲーセイレーン……。今までちっとも異世界っぽくなくて、どうしようもないくらいアレな奴らだな……とか心底呆れて見てたけど。そんなお前らとの日常が、俺にとって何よりも心の落ち着く場所になっていたんだな……」

「……なにかしら。いいこと言ってるふうのあの横面を、思いっきりぶっ飛ばしてやりたいんだけど。最終回を迎えた日常系の主人公が、改めて当たり前の大切さに気づいたっぽい雰囲気を出してるところが、また一段と腹立つわね」

「ティア、フィーも埋めるくらいは手伝う。……一緒にやる？」

二人が黒いオーラを発していたが、恐いので目を逸らしておく。

爽太は気を取り直しつつ、改めて周囲の景色を眺めた。

「……まあ、すごい技術だってのはなんとなく理解できたが。どういう内容のゲームなんだ？　見ただけじゃサッパリだぞ？」

「む。それは今から説明する」

軽い殺意を向けてきていたフィーも少し機嫌を直したように頷いた。

彼女はメンバー全員の顔を見回すと、ズビシッと人差し指を上に向ける。

「今回のゲームの内容は――ズバリこれ！」

フィーが高らかに叫ぶと同時、どこからともなく空砲の音が盛大に鳴り響いた。

そして空中に、ゲームのタイトル画面みたいな、明らかに不自然な文字が浮かび上がる。

爽太は唖然としてソレに見入った。

「じ、人生シミュレーション型ゲーム、【ザ・人生】……？」

「そう！　これは人生を縮図としたゲーム！　プレイヤーが順番にサイコロを振って各々ゴールを目指しつつ、最終的な総資産でナンバーワンを決める！　まさに血で血を洗う死闘！」

興奮気味に告げるフィーに、爽太は堪らず顔を引きつらせた。

……要するに、人生ゲームということみたいだ。

城下町の風景をよく見直してみると、地面にはマス目のようなものが書かれていた。

マス目は線で繋がれ、通路の遥か奥まで続いている。

この城下町自体が、超巨大なすごろくになっているらしい。

「体感型のすごろく……か？　なんか芸人がやらされる無茶振り企画みたいで、今からイヤな予感しかしないんだけど……」

こういうのは大抵、マスに書かれた内容がロクでもなかったりする。

あくまでバラエティ番組基準だが……フィーが作り、ティアが手伝ったらしいゲームである都合上、あながち杞憂とバカにできない不安感がある。

爽太の微妙な反応に、フィーは憤慨するように鼻を鳴らした。

「むぅぅぅっ！　遊んでみないとわからない！」

「それはそうなんだが……」

「平気ですよ、ソータさん。仮想空間なので特別な危険もないですから」

「そうよ。せっかくゲームを起動させたんだし」

爽太（そうた）が気乗りしない一方、アリスとティアはプレイすることに肯定的だった。

どうやら、断れない空気であるらしい。

「……ったく。わかったよ」

「むい。わかればいい。そういうわけで、今から【ザ・人生】を開始する」

そう告げたフィーの手元に、ボフンっとサイコロが出現した。

サイズ的にはかなり大きな六面サイコロだ。よくテレビのトーク番組とかで使われる感じの。魔法で作られた亜空間にしては、また随分と古典的である。

「始めるのはいいけど。順番はどうするんだ？」

爽太は肩を竦（すく）めて、一同を見回した。

三人は互いに顔を見合わせる。

「さあ？　べつに私は何番目でも構わないわよ？」

「このゲームを作ったマスターたるフィーは無敵。いつでもドンとこい」

「……あ、あの。このゲーム、どうやって遊ぶんですか？」

「「「はいっ!?」」」

　一人だけ場違いなことを訊ねてくるアリスに、三人は声を揃えて驚愕する。

「す、すごろくだぞ、すごろく？　いくら異世界人とはいえ、やったことくらいはあるだろ？　ほら、順番にサイコロを増してさ……」

「すごろ……？　す、すみません。やったことないです」

「……マジか」

「この国でも、割とポピュラーな遊びではあるんだけどねぇ。そんな無知で無垢なところがアリスらしいけど」

　ティアは鼻から浅い息を吐くと、フィーの手からサイコロを取った。

「いいわ。最初はアリスからってことにしましょう。進め方を教えてあげるから、こっちに来なさいな」

「はいっ！　ティアさん、よろしくお願いします！」

「進め方って……ただサイコロ投げるだけだけどな」

　やれやれと告げる爽太の横で、ティアはアリスにサイコロを持たせる。

　しかし……その手つきが若干不穏だ。

　指とかが妙にワキワキと動いていて、正直かなり気色悪い。

「さあ、アリス。そのままゆっくりと腕を後ろに引いて？」

「こ、こうですか？」

「いい感じよぉ～。そしたら次はこう、お尻をきゅっと突き出す感じに」

「ひゃうっ!? ティアさん、く、くすぐったいです……」

「うふふふっ♪　ここは我慢よ、我慢～。これはゲームを進めるための、大事な大事なレクチャーなんだから……♪」

「ひゃあああっ！　ダ、ダメです、これ以上は……はぁんっ……！」

「──はいはいはいはいはい！　ストオオオオオオップ!!」

危ない方向へ突っ走っている二人に、爽太は突撃する形で止めに入った。

ゴルフ場のエロ教官張りの手つきでアリスを弄りまわしていたティアは、欲望を隠そうともせず露骨にイヤな顔をする。

「……チッ。もう少しだったのに」

「なにがだ!?　いや聞かねえけど！　聞きたくねえけど！　べつに特別な指導とか必要ないから普通に投げればいいんだよ！　やってみなさい、アリス！」

「は、はひ。──えいっ」

ポーンと。アリスの不慣れなアンダースローでサイコロが飛ぶ。

そのままコロコロと石畳を転がって、賽の目が『6』を示した。

「ろ、ろくって出ましたっ」

「いちいち報告しなくていいよ。その数だけ地面のマス目を進みなさい」

「はいっ」

素直に頷(うなず)いて、アリスはマス目をピョンピョンと進んだ。ティアの言葉を借りるわけじゃないが、本当にこちらが危機感を抱くほどの従順さだ。いつか悪い奴(やつ)に騙(だま)されないか心配である。

「あふぅ……いつかアリスに二次元美少女キャラのコスプレさせたい……」

「悪いが、そのときは公安に駆け込むぞ。全力で」

「なぜッ!?　なぜにカナギくんは男の子なのに同意してくれないの!?　穢(けが)れを知らない純情を汚す支配感っ。最高じゃない!?　考えるだけでハァハァしちゃうわ！　例えるならそう、性的知識のない幼女に木登りで大人のＡＢＣを教えてあげるみたいな――」

「おまわりさーん！　変質者がここに！」

「くっ、これだから頭の固い現実主義者は！　やはりすべての美少女が不思議な力で十八歳以上になって、すべてのラッキースケベが犯罪でなくなる、二次元こそが至上だわ」

ティアのアホな主張を聞き流している間に、アリスが出目のマスにたどり着いた。

すると、頭上からピロリロリーンと耳慣れない電子音が鳴り響く。

――近所の森林で木登りをして遊ぶ。同時に大人の階段を上った。アリスは【魅力】＋

5を得る——。

「木登りキタ——————————ッ!!」

「くるなぁぁぁぁぁ——————ッ!!」

ティアがグッと拳を握り、同時に爽太(そうた)がガクリと膝を折った。

「なにちょっとうまいこと言った感じなのッ? 普通に下ネタかッ。誰だよ、このサイテーなネタをマスに仕込んだ奴(やつ)!?」

「ん。私だけどなにか?」

「予想通りかッ」

「むい。このゲームの序盤は、町で過ごす【子供ステージ】。ここでは大した資産は手に入らないけど、のちの【大人ステージ】で得られる職に必要なスキルを得られる」

「ゲームシステムは意外にしっかりしてそうだな……。マスの内容で台無しだけど」

「それ、フィーのせいじゃない。ゲーム機や大まかな内容はフィーが作ったけど、細かい部分でティアが手を加えてるとこもある」

「なんでよりにもよって、ティアが作ったマスに止まるんだアリス……」

そうこうしているうちに、困惑顔のアリスの真横にいきなり大木が生えた。どうやら、マスの内容に合わせて書かれたことが魔法で再現されるようになっているらしい。

「ふわぁ……。き、木が出ました。これ、どうすれば？」

「むー？　とりあえず登ってみる？」

「大人の階段キタ――――ッ。はよ、さあアリス、はよ！」

「黙れ残念痴女！　ああもう、次は俺が行くからな!?」

　空気を取り直すように爽太が前に進み出ると、サイコロが再び手元に現れる。アリスが投げたものが瞬時に戻ってきたらしい。システム的には本当によくできているのが、またなんとも言えない。

　サイコロを放る。出た目は『4』。

　マス目を進むと、また電子音が鳴り響いた。


――暗黒の力（笑）に目覚める。ソータは【痛々しさ】＋5を得る――。


「単に中二病に目覚めただけじゃねえかっ!!」

「暗黒の力（笑）」

「痛々しさ（笑）」

「ぶっ飛ばすぞお前ら!?」

　歯嚙みする爽太に、ティアが優雅に髪を払って前へ出た。

「次は私が行くわ。フィー、いいかしら？」

「むい。構わない」

「じゃあお先に」

そう言って、ティアは手元に出現したサイコロを投げた。

「出目は『3』ね。止まったマスの内容は――」


――ズキューン！　気になるあの子の意外な一面にトキメキ☆　思い切ってコクったらうまくいっちゃった、きゃーっ。隣のぉ、マスのぉ、プレイヤーとぉ、恋人関係になると同時にぃ、ティアは【乙女】＋5を得る？　みたいな？　きゃはっ☆――


「なんか急激にウザイくらいテンション高くなったわね⁉」

「ティアが止まったのはカップリングマス。指定されたマスに他のプレイヤーがいた場合、そのプレイヤーと恋人同士になれる。恋人関係があると随時特別イベントが発生して、得をしたり損をしたり」

「つ、つまり不確定要素ってことね……。それで、私の隣のマスは――」

ティアの視線が横にズレる。

……そして、一つ先のマスで仏頂面をする爽太とバッチリ目が合った。

「………………ないわー」

「それはこっちのセリフだッ」

「いやー、男の子の中では好きなほうとは言ったけどね？　二次元美少女じゃない時点でNGっていうか、中二病の人とは将来が不安で私、付き合えない。ごめんなさい」

「なんで俺のほうから告白した感じになってんのッ？　しかも中二病じゃないわ！　ただのゲームの中の設定だわ！　み、みみみ右腕が疼いたこととかねーしぃッ!?」

「〜〜〜〜〜〜〜〜〜〜〜〜〜〜〜っ！」

「って、アリス!?　そ、そんな泣きそうな顔で俺を見るな！　ただのゲームだからコレ！」

「次はフィーの番。……あ、『3』が出た。ティアと同じマス」

「お前は空気を読めえええええええッ!!」

……ゲーム開始早々。

早くも先行きが不安すぎた。


その後、五周ほどターンを回して、爽太たちはこのゲームの序盤である【子供ステージ】を終了する。どうやら城下町の背景は【子供ステージ】限定のフィールドだったらしく、そこから先は広大な草原が広がっていた。

強制ストップマスに止まる爽太たちの頭上から、アナウンスの声が響く。

――これより、【大人ステージ】へと移行します。各プレイヤーに500万フェイルの支給、ならびにこれから各地を旅するため、順番にサイコロを振って職業を決定してください。職業の内容は、これまで習得したスキルポイントによりサイコロの出目に振り分けられます――。

「……なんかいきなり冒険RPGっぽくなってきたな」

「そりゃそうよ。だってこのゲーム、人生シミュレーションだもの」

「そういえば、ここが異世界だってすっかり忘れてたぜ……」

ちなみに、フェイルとはこの世界における一般的な通貨である。

まさかゲームのほうで冒険もどきをすることになろうとは、さすがに爽太も予想できなかったが……。

「職業はこれまで得たスキルポイントで大体決まるみたいだな。記憶にある限りじゃロクなのなかった気がするけど……フィー、確認できたりするか？」

「了解。ちょっと待つっ」

フィーはコクンと頷くと、右手をかざした。

すぐにホログラムウインドみたいなものが展開して、四人の現状ステータスを表示する。

○カナギ・ソータ
職業：なし　総資産：500万フェイル　恋人関係：ティア、フィー
スキルポイント：【痛々しさ】30、【勇猛さ】10、【ツッコミ】10
○アリス・カルミシア
職業：なし　総資産：3万フェイル　恋人関係：なし
スキルポイント：【魅力】15、【妖艶さ】15、【エロさ】20、【ムチムチさ】20
○ティア・ルーメル
職業：なし　総資産：500万フェイル　恋人関係：ソータ
スキルポイント：【乙女】20、【純朴さ】20、【奥手】10
○フィフィ・オルバート
職業：なし　総資産：800万フェイル　恋人関係：ソータ
スキルポイント：【乙女】5、【技巧】30、【天才肌】20、【発想力】25

「……ものの見事に現実とは真逆の結果になったな。二名ほど」

「ちょっと、あんまりこっち見ないでくれる？」

「ううう……どうしてこんなことに……」

アリスとティアはそれぞれ微妙そうな顔をする。

結果からして、アリスは天性のビッチ女、ティアが純情可憐な生娘みたいなスキルを多く獲得していた。ちなみにアリスの総資産が一人だけ少ないのは、『隣の家のミーナちゃんのお父さんと関係を持って、慰謝料を請求される』とかいうふざけたイベントマスに止まったせいである。子供時代から不倫沙汰とか、早くも将来性が不安視されるビッチさだ。

「ふふん。やはり、マスターたるフィーは無敵」

二人とは逆に、とてもご満悦そうなのはフィー。

彼女は初手こそカップリングマスに止まったが、その後は自らの才覚を表すように有用なスキルを獲得していた。『子供ながらの視点から新しい家庭用品を開発する』という特別なイベントマスのおかげで、総資産も他より多い。現実では引きこもりでゲーム依存症、軽く人生失敗している彼女が、ゲームの中でだけ輝いているというのも皮肉である。

「むふふふ……このまま勝ち組……みんなから慕われ、友達もいっぱいのフィーの人生が始まる……」

「……ゲーム内での話だけどな。とりあえず順番に職業を決めていくか。アリス？」

「はい……」

見るからに元気のないアリスは、しょんぼりとしたままサイコロを振った。

出目は『5』。瞬間、ＲＰＧのレベルアップ時のようなファンファーレが鳴り響く。

――アリスは【淫魔サキュバス】に転職した――。

「「……は？」」

爽太とアリスの呆けた声がかぶった直後。

間を置かずに、アリスを中心にボフンッと煙幕に包まれる。

そして……煙が晴れた瞬間、そこに立っていたアリスの姿は様変わりしていた。

「きゃあああああああああああっ！」

アリスは悲鳴を上げて両手で自分の体を庇う。

……アリスの身を包むのは、布地が極限まで削減されたボンデージ風の衣装だった。

露わになった豊満な胸元に、むき出しになった真っ白な背中からはコウモリのような羽が生えている。お尻にはちょこんと尻尾までついていた。

その姿は、まさしく背徳的で淫乱なサキュバスそのものである。

「って、おい！　サキュバスってなんだ⁉　職業じゃねえだろ！」

「サキュバスは男を惑わし、子供を作って、他プレイヤーからご祝儀を巻き上げる強奪タイプの職業。まさか引き当てるとは……アリス、中々やる」

「なにその諸刃の剣的な稼ぎ方⁉」

「アリス、ハァハァ、アリス、ハァハァ」

「うお⁉　興奮しすぎてティアが壊れた⁉」

「ふえええええん……ソータさぁぁぁん……」

　本人の性格とは真逆の服装になってしまったアリスは、真っ赤な顔で身を縮こまらせながら涙目になる。不憫だ。

「ロ、ロクでもねえ職業作りやがって……」

「次、ソータの番」

「うぐ……」

　アリスの惨状を見たあとでサイコロを振るのは憚られたが、彼女をあの状態のままずっと放置しておくのも可哀想だ。爽太は仕方なくサイコロを受け取る。

（確率が低いことくらいはわかってる……だが！　せめてゲームの中でくらいは！　俺に平穏で堅実な人生を！　頼むから、まともな職業を！）

　強く祈りながら、爽太はサイコロを投げた。

　出目が決定すると、またもやファンファーレが。

　――ソータは【勇者（笑）】に転職した――。

「（笑）ってなんだああああああああああああッ‼」

石畳に頭を打ちつける爽太に、半泣きだったアリスもビクリと身を竦ませた。

「どう考えても頭に『自称』がつくタイプの勇者だろコレ！　なんだ⁉　スキルポイントが【痛々しさ】だったせいなのか⁉　いや、たとえ（笑）のつかない真の勇者であったとしても御免だけど！　イヤだ、こんなまともさの欠片もなさそうなユルッユルの職業が俺の人生だなんてえええええッ！」

「ソ、ソータさん。ゆ、勇者……カ、カッコいいですよ？」

「私もいいと思うわ。とてもカナギくんらしくて」

「ソータ、痛々しい」

皆の憐れむような視線が集まる中、爽太の衣装が安っぽい鎧に変化する。どう見ても手作りの、ハリボテ感あふれる勇者衣装だった。

それからティアとフィーもサイコロを振り、それぞれが【花売り】と【魔道具技師】に転職する。二人だけ普通なのが納得いかなかったが、ゲームの運要素に文句を言っても仕方がない。パーティーゲームとは時に残酷なものなのだ。

「もうやめたい……」

「あら、都合が悪いからって途中で逃げるのはナシよ？　ゲームはまだ序盤なんだし、逆転の目だってこれからたくさんあるわ。諦めるのは早いんじゃない？」

「ぐ……。わ、わかってる。最後までやればいいんだろ、やれば」

「そ、そうですね。わたしも頑張りますっ」

気合を入れ直すようにして、再び順番の回ってきたアリスがサイコロを投げた。

希望を込めたその一投は、『6』の目を示して——。

——サキュバスのエロパワーが覚醒。夜の歓楽街を練り歩き、不特定多数の男性と関係を持つ。子供を三人授かり、ご祝儀として他プレイヤーから500万フェイルずつを受け取る。さらに【妖艶さ】と【淫猥さ】+50——。

「夢も希望もありませんっ！」

「挫けるの早ッ」

涙をブワッと流すアリスの手元に、布で包まれた三人の赤子が出現する。

『オギャー！』『オギャー！』『オギャー！』

「あ、あわわっ。本当に赤ちゃんが生まれちゃいました！　わたし、どうすれば……!?」

「ああ！　他の男に無理やり孕まされて、生まれた赤ん坊に困惑するアリス……。いい、すごくいいわ！」

「生々しい脳内設定を作るな！　次行くぞ、次！」

爽太は半ばヤケクソ気味にサイコロを振った。

乱暴に投げられたサイコロは勢いよく地面をバウンドし、『4』を示す。

——勇者（笑）ソータは隠された泉に到達した。泉の精霊と邂逅を果たし、伝説の剣を手に入れる――。

『――よくぞここまで来ました、勇者よ』

「うおおおっ？」

止まったマスの隣にあった泉から、ザパッと女性が姿を現した。

女性は全身から神々しい光を放ち、慈愛に満ちた微笑を浮かべている。その手にはやけにゴチャゴチャとした装飾の無駄に豪勢な剣が握られていた。

爽太は白目を剥いて、その光景に立ちすくむ。

「……これ、人生ゲームだよな？　お金を稼いで総資産競うゲームなんだよな？　世界観とかルールとか、色々滅茶苦茶すぎやしないか？」

「そんなことない。人生で一度くらい、泉の精霊に出会って伝説の武器を託されることは誰にだってある。フッーフッー」

「こ、これだから異世界は……」

そこまで大盤振る舞いされていたら、すでに伝説じゃない気もするが。

水を滴らせる泉の精霊は、嫌そうな顔をする爽太に構うことなく、すすーっと水面を滑って目の前までやってきた。

『私は泉の精霊。勇者ソータ、あなたの存在を百年もの間、待ちわびていました。ちょっと水に浸かりすぎて呼吸器とかヤバい感じですが……ゲホッ……間に合ってよかったゲホゲホゲホォッ!!』

「精霊、水で死にかけてるわよ!?　泉の精霊なのに！」

『さあ、勇者よ。あなたには資格があります。この地に伝わる伝説の剣を――』

「いりません」

「食い気味の即答です!?」

『そう言わずに。この無駄にゴチャゴチャとした装飾の、魔王のいない今の時代にはまったく役に立たない伝説の剣を受け取ってください。というか受け取ってくれないと、泉の精霊、すごく困ります。粗大ゴミを出すのだってタダじゃないんですよ？』

「処分する気満々じゃねーか！」

『どうかお願いです！　これが私の最後の使命……ゲホゲホ……勇者に伝説の剣を授けなければ、泉の精霊として死んでも死にきれません……』

「ね、ねえ、カナギくん？　なんだかその人、相当に弱ってるみたいだし。受け取ってあげたら？」

「そうですよ、ソータさんっ。泉の精霊さん、かわいそうです！」

「ぐっ……しかし……」

『本当ですか!?　ありがとうございます！　さすがは勇者です！』

「おい!?　まだ俺、イエスとは言ってないんだけど！」

拒絶を示す爽太に、泉の精霊は強制的にグイグイと剣を押しつけた。

都会のティッシュ配りなんて比ではない強引さだった。

『ふぅ。これで私も使命から解き放たれ、思う存分に家でグータラ——もとい、安らかに眠ることができます。思い残すことはありません』

「今、さらっと本性が現れかけたよな？　病弱っぽいのも絶対に演技だよな？」

『では。陰ながらにあなたの活躍を応援してますよ、勇者（笑）——』

泉の精霊は光に包まれながら、再びズブズブと水の中に沈んでいった。

その場に取り残された爽太は、手に持った剣を見下ろす。

そして、短く息を吐くと。

「キャッチアンドリリ——————————スッ!!」

「「投げた——————————!?」」

アリスとティアの驚愕の声が重なる中、ボチャンと泉に沈む伝説の剣。

水の中から『ぐふぅ!?』と何かが突き刺さった女性の断末魔のようなものが聞こえた気がしたが、爽太は全力でスルーを決め込んだ。

「よし、次だ。どんどん先に進めろ」

「……なんか色々と開き直った感じじゃね」

「うるせえ！　こっちも精神的に限界なんだよ！　なんで人生ゲームの中で勇者とかフワ

ッとした職業やんなきゃいけないんだッ？　ゲームの中でさえ、俺はまともに生きられない呪いにでもかかってるというのか……!?」

「むぅ。せっかく勇者限定のレアイベントだったのに、もったいない」

ゲーム制作者のフィーだけは空気を読まずに不服そうにしていたが、爽太とアリスはすでに滅茶苦茶なゲーム内容にぐったりとしていた。さすがのティアもそんな二人にいたたまれなくなったらしく、大人しくサイコロを手に取る。

「まあ、ゲームだし。そんなにムキにならない感じでね？」

顔を引きつらせてフォローを入れつつ、サイコロを投擲。

サイコロはコロコロと転がって、『6』で止まった。

「あら、アリスと同じマス？　これってどんな感じに処理されて——」

——花売りティアは夜の歓楽街に迷い込む。そこで街を縄張りとしていたサキュバス・アリスに目をつけられ、淫魔の眷属にされそうになる危機に。サイコロを振って奇数が出れば逃亡成功、偶数が出れば逃亡失敗——。

「逃亡自体を全身全霊で放棄するわッッッ!!」

「ものすごいムキになってる!?」

「バカね、カナギくん！　運動慣れしていない可憐な花売りが、狡猾なサキュバスの魔の手から逃げられるわけないじゃない!?　純潔を散らされ、私はイヤイヤながらにアリスの淫らな眷属にされてしまうの……」

「……本音は？」

「アリスと一緒にサキュバスになって淫らな行為にふけりたいハァハァ」

「欲望たれ流しかッ」

　これまでのゲームの運要素を、プレイングで自ら台無しにしていくスタイルだった。

　質素な花売りの恰好をしていたティアは、ボフッと煙に包まれる。そして、アリスと同じきわどいボンデージ姿になった。背中に生えたセイレーンの羽はそのままだったが、アリスよりもよっぽど淫猥でサマになっている感じである。

「くくく……ようやく楽しくなってきたわ……！」

「……ああうん。やっぱりお前はそういう汚れた感じのほうが似合ってるよ」

「うふ。褒めてもサービスなんてしてあげないわよ？」

「一ミリも褒めてねえ」

「ティ、ティアさん。本当によかったんですか？　サキュバスなんて……」

　自分の職業に未だに抵抗があるのか、アリスは視線を泳がせる。

　そんな彼女に、ティアはフッと微笑んでみせた。

「何を言ってるのよ、アリス。私は後悔なんて少しもしてないわ。それに、私がこうしてサキュバスになったことは、あなたにだって利点があるはずよ？」

「えっ？」

ティアはパチっとウインクして、フィーのほうを見る。

「ねえ、フィー？　ゲーム上の設定で、私はアリスの眷属になったわけだけど。ルール的に総資産の扱いとかはどうなるの？　やっぱり共有？」

「それはない。この場合、カップリングマスと同じ扱い。アリスとティアの関係が繋がって、今後のイベント発生に影響するだけ」

「関係が繋がる……ね。つまり、私が結んでいるカナギくんとの恋人関係は、当然アリスのほうにも影響を与える感じになるわよねー？」

「――――っ！」

瞬間、アリスの体がプルリと震えた。

少し考えてから頷いたフィーに、ティアが「ありがと」と短く礼を言う。

……爽太は背筋にうすら寒いものを覚えた。

「うふふ。今までは【子供ステージ】だったこともあって大して機能しなかった恋人関係だけど……アダルトな【大人ステージ】、しかもサキュバスとくればどうかしら？」

「お、おい。ちょっと待て。このゲームはマスの内容が再現されるんだぞ？　アダルトな展開とかシャレに——」

——恋人関係を結んだ相手がサキュバスになったことで特殊イベント発生。勇者（笑）の職業特性『お楽しみでしたね』により、すべてのサキュバスを同じマスに呼び寄せる——。

「お——————————い!?」

爽太の叫びと同時、アリスとティアの姿が瞬時に消えた。

続けて爽太が立っているマスに魔法陣が出現し、すぐさま彼女たちが強制召喚される。

……しかも、二人の服装は今までのサキュバスのボンデージでなく。

「ふえっ!?」

「あら?」

「ぶぼはぁ!?」

服とかいう概念を通り越して……二人は完全な下着姿になっていた。

アリスが可愛らしいレースのついた水色、ティアが大人びたデザインの黒。二人揃っているスタイルが年齢不相応に実りすぎているので、胸元の迫力がとんでもないことになっている。もはや直視できないほどに。

おまけに爽太たちの立っているマスだけに上空からピンク色のスポットライトが降り注ぎ、色っぽいＢＧＭまで流れてきた。

「レレレレイティングとかどうなってんだ、このゲームはッ⁉」

「レイティング？　ああ、年齢制限のこと？　そうね……大体12くらい？」

「どう見積もってもその枠で収まる気がしねえ！」

「あわわ……あうぅぅぅ……」

腕を組んで堂々としているティアとは対照的に、アリスは両手で体を庇(かば)いながら恥ずかしがっていた。不憫(ふびん)だ。

「それで、どうするのカナギくん？　三人で楽しんじゃう？」

「た、楽しまねえよっ。さっさと服を着て自分たちのマスに戻れ！」

「それは無理よ。これ、ルール上での強制呼び寄せだし、服もイベントが終了するまで戻らない設定にしてあるから」

「なんだと……⁉」

「と、いうわけで。えいっ♪」

悪ふざけモードに入ったティアが、爽太の腕に飛びついてくる。

爽太は全身の毛を逆立てて硬直した。

……腕を包み込むように柔らかく形を歪(ゆが)める、真っ白でたわわな双丘。

この間のときとは違ってティアの胸元を包むのは下着のため、伝わってくる質感も当然ながら布越し一枚だ。その破壊力は……プライスレス。

「てぃ、ティア……やめっ、こ、こここれっ、これ以上はぁ……！」

「あはっ。赤くなっちゃって、カナギくんってやっぱりおもしろーい♪　アリスも、恥ずかしがってるとイベント終わっちゃうわよー？」

「や、やりますっ！　わたし、頑張ってソータさんとお楽しみしますっ」

「アリスはアリスで何故にやる気に!?」

アリスは鼻息荒く、爽太ににじり寄ってくる。

「ソ、ソータさん……ハァハァ」

「ア、アリスがティアみたいになってるぅ!?　サキュバスの職業補正かなにかかッ？」

「あらあら。カナギくんってば、アリスのことなーんにもわかってないのね」

「なに……ッ!?」

目を白黒させる爽太に、ティアはチッチッと舌を鳴らした。

「アリスってああ見えて、意外に大胆で積極的なのよ？　特に……あなたのことに関しては。そうじゃなきゃ、私に唆されたからって、裸エプロンを着用するわけないでしょ？」

「………ッ」

「サキュバスって職も、意外とアリスの天職なのかも。もちろん、相手がカナギくん限定でだけどね♪」

爽太の顔から、みるみるうちに血の気が引いていく。

そんなバカな……と言い返してやりたい気持ちは山々だが。

頬(ほお)を紅潮させて、錯乱したように目をグルグルさせながら、こちらへ近づいてくるアリスの姿は……まさしくエッチなことに興味津々なサキュバスそのものに見えた。

「ソータさんっっっ」

「ぎゃあああああああ!?　しょ、正気に戻ってくれアリ――――ス！」

響き渡る絶叫。

真に恐ろしい淫靡(いんび)の片鱗(へんりん)を……爽太は期せずして垣間見(かいまみ)てしまった気がした。


……その一方で。


「…………」

爽太たちがいるマスから少し距離を置いた、【大人ステージ】最初のマス。

そこで独り蚊帳の外のフィーは……無言でコロコロとサイコロを転がす。

――新しく開発した魔道具が巷(ちまた)で大ヒット。次々に注文がくるようになり、6000万フェイルの収入と【技巧】＋50を得る。しかし、仕事に熱中するあまりに恋人とうまくいかなくなり関係が破局。独り身に。さらに【心の隙間】＋30を得る――。

「むいっ⁉　こ、心の隙間ってなに⁉　べ、べつに、仲間外れにされたからって、フィーは寂しいなんて全然思って……」

——泣いてもいいんだよ？

「ゲームに慰められた⁉」

自分で作ったゲームでありながら、やけに人間味あふれるアナウンスについ泣きそうになるフィーであった。

○　●　○　●

その後の戦いも熾烈を極めた。

プレイして確信したことだが……このゲーム、プレイヤーの所持スキルポイントと現在職業により、同じマスに止まってもイベント内容が大きく変わるらしい。獲得スキルポイントが増えていく後半につれて、その傾向はさらに強くなっているように思えた。

特に酷かったのはティアで、身も心も完全なサキュバスとなった彼女（心のほうは基本的にそのままだが）は、どんどんあらぬ方向へと暴走していった。

——ティアは地方の貴族令嬢が集まる学舎へと侵入。欲望に任せて更衣室への突入を試みるが、最後に残った良心がうずき行動をためらう。サイコロを振り、奇数が出たら……——。

「良心なんて早々にかなぐり捨てるわ！」

「おい」

「ルールやシステム如きで、私の胸のトキメキは止められない！」

「ゲームでそれ言ったらおしまいだろ」

「いざ行くわよ！　二次元美少女たちが待つ秘密の楽園へ——！」

——最新式のセキュリティに引っ掛かり、警備の衛兵に捕まる。賠償金として5000万フェイルの損害と、独房に送られて懲役十回の休み——。

「うひゃッ!?　な、なんなのあなたたち!?　うわ、なにをするやめ——」

「……ティアさん……」

「……ゲームの中でも性犯罪は滅びる運命なんだな」

そんなこんなで道中、ティアが鎧を着込んだ男たちにどこかへ連行されていくというハプニングなどが起こりつつ。

舞台はいつの間にか、広大な草原地帯から、猛烈な吹雪に見舞われる険しい霊峰へと移り変わっていた。

——勇者（笑）ソータは、ベッドの中でも真の勇者として目覚める。股間のエクスカリバーを覚醒させ、子供を授かる――。

ボフンッと。

お決まりの煙が発生し、爽太の手元に布で包まれた赤ん坊が落ちてくる。

爽太は白目を剥きながら、その赤ん坊を抱き留めた。

「これで………二十人目か」

「ふええええんっ！　もうお世話の手が回りませんよぅ、ソータさぁん！」

爽太の背後で、巨大なおんぶ紐に大量の赤ん坊を抱えたアリスが泣き事を叫ぶ。

こちらはこちらで……かなりの惨状だった。

サキュバスのアリスと恋人関係になった瞬間、何をとち狂ったのか爽太の【勇者（笑）】という職業が別の意味で勇者を発揮し、止まるマス止まるマスで発生する子作りイベント。

アリスもアリスでまったく拒否をせず、むしろ積極的かつ食い気味で乗っかってくるので、今やカナギ家は大変な大所帯になっていた。温かな家庭と言うよりは、どう見ても子供を作りすぎて家族計画をミスった貧乏一家状態だ。

『オギャーー！』『オギャーー！』『オギャーー！』

「あわわわっ。な、泣かないでください。おしめですかっ？　ミルクですかっ？」

『ばぶばぶ』『まんまー』『ぱいぱい』

「ひゃうぅ⁉ お、おっぱい触っちゃダメです……っ！ ま、まだ心の準備が……やっ、ひんっ‼ 〰〰〰〰〰〰〰〰っっっ」

「アリイイイイイイスッ⁉ おいコラ、ガキどもぉ！」

群がりながらアリスのおっぱいをまさぐり始める赤ん坊たちを、爽太は急いで引きはがす。赤ん坊たちは揃って半眼になって『ばぶー』と不満を垂れた。

「こ、このエロガキたちが……。いったい誰に似てこうなったんだッ？」

「ソータさん、ごめんなさい……。まともに子供も育てられないなんて、わたし、お嫁さん失格です……ぐすっ」

「アリスっ⁉ 何度も言うが、これゲームだからな⁉」

「──ふっ。愛がなんだのと叫んでも、現実の結婚なんてしょせんこんなもの。やはり世の中はお金。独り身のキャリアウーマンこそが、真の勝ち組」

そのとき。

吹き荒れる吹雪の奥から、ザスッと雪を踏みしめる音がした。

「……こ、この声。フィーか？」

「ソータ、アリス。ようやく追いついた」

巨大なシルエットが、俺たちの前にヌゥッと現れる。

爽太とアリスは思わず目を丸くした。

「お、お前……」

「フィ、フィーちゃん、その恰好は……？」

「なにを驚いてる？　フィーはいたってフツー」

そう言うフィーは……まるで砂漠のマハラジャのようなターバンを頭に巻き、巨大なラクダにまたがっていた。小さな体には高価そうな指輪やネックレスなどがこれでもかと身に着けられており、どこかの石油王みたいな様相だ。

ただし、その目は限りなく金に濁っていたが。

「世の中はお金……お金さえあればフィーはそれでいい……おかね、じゃすてぃす……」

「……お、お前もだいぶ苦労してきたみたいだな」

自分たちの惨状や、ティアの起こす騒ぎに埋もれてあまり気にかけてこなかったが。

フィーはフィーで、一人裏で順調にゲームを進めていたはずだった。魔道具技師の仕事が次々に成功し、巨万の富を築き、四人の中での総資産も圧倒的だ。……もっとも、それは彼女自身が望んだことじゃなかったみたいだが。

フィーは力なくラクダの上からドサリと落下した。

「……どうして……いつもこうなる……？　みんなが争ってる間、フィーは裏で効率的に勝利の方程式を組んで……そのまま問題なく一番になれるのに……気づくと、周囲の友達の輪から一人だけ外れてる……」

「……典型的な影プレイの置いてけぼりパターンだな」

影プレイ。簡単に言えば、多人数対戦ゲームなどで、空気に徹して漁夫の利を狙っていくプレイスタイルのことだ。その陰湿でネチネチとした性質上、露骨に狙いすぎると嫌われるというか、そもそも無視されてハブられるパターンが多い。

フィーには酷だが……彼女に友達がいない理由、爽太はなんとなく察してしまった。

「身も心も寒い……フィーは人生に疲れた……」

「相当な重症だな」

「もう眠ってもいいよね……ペドラッシュ？」

「そ、そのラクダさん、ペドラッシュっていうんですか？　なんでしょう……名前からすごい犯罪っぽい感じが……」

遠い目でラクダの足をよしよし撫でるフィーは、完全に精神があっちの世界に飛んでしまっていた。……このまま放置したら取り返しがつかなくなりそうだ。

爽太はやれやれと首を振り、登っている霊峰を見上げる。

吹雪で見通しは利きにくいが……山頂に、うっすらとアーチのようなものが確認できた。

おそらく、あれがこのゲームのゴール地点と見て間違いない。

「フィーは金による闇堕ち、ティアは捕まったまま未だに戻ってこない……。これ以上続けるのは、さすがに限界か」

爽太はゆっくりと手を前にかざした。

ボフンッと煙が上がり、手元にサイコロが現れる。

「ソ、ソータさん……」

「この位置からでも、もうゴールは見えてきている。こんな無意味で虚しい勝負、ダラダラと続ける必要もないだろう。俺たちで終わらせるぞ、アリス」

爽太は嚙みしめるように、アリスにそう言った。

ゴールは目視できている。おそらく大きな出目を出せばゴールできるだろう。

爽太の視線を受けて、アリスも決意を固めるようにキッと表情を引き締めた。

「はいっ！」

爽太とアリスは手を重ねるようにして、二人でサイコロを握った。

……頂上のゴールまであとほんの少し。

互いに視線を交わし、深く頷き合う。

「「いっけえええええええええ!!」」

二人の想いを乗せて、サイコロが投げられる。

サイコロは雪の上を走るように勢いよく転がった。

そして、少し先でピタリと止まる。

出目は……『5』だ。

「やったか……!?」

「わかりません。進んでみましょう」

爽太とアリスは地面の雪に足を取られながらも、出目の分だけマスを進んだ。

一マス、二マスと踏みしめて。

どんどんゴールが近づいてくる。

そして――。

「……そ、そんな」

愕然としたアリスの声が響く。

爽太も思わず臍を噛んだ。

ゴールまで……あと一マス。ほんの少しだけ足りない。

さらに追い打ちをかけるように、ピロリロリーンと悪魔の音色が響き渡った。

「ひぃっ!? こ、今度は何が起きるんですか?!」

「お、落ち着け。どうせこれを乗り切れば、次のターンで確実にゴールできる。よほどの内容でもない限りは、なにも問題は――」

——上空に【超巨大隕石アルマギドゥーン】が発生。全プレイヤーに最大級の損失と、このフィールドそのものが消滅する——。

……直後。

ゴゴゴゴと。大地が激しく震撼し始めた。

足元の地面が大きくひび割れ、雪で真っ白だった空が不気味な真紅色に染まっていく。

続いて、肌を焦がすような熱がチリチリと上空から降り注いできた。

まるでこの世の終わりのような雰囲気に、爽太たちは呆然自失と立ちすくむ。

「ちょ……ちょっと待て!? なんだ、アルマギドゥーンって!?」

「はわわわ……。そ、空が真っ赤で怖いですっ」

「……む。ついにこの時がきた」

「「フィー!?」ちゃん!?」

それまで倒れ伏していたフィーが、億劫そうにのそりと顔を持ち上げた。

「どういうことだ!? 説明しろ!」

「このゲーム最終にして、最大のイベント。プレイヤーが運悪く最後のマスに止まることを条件に、問答無用で発生するようになってる。——上、見てみる?」

フィーは上空を指さした。

その先に……雲を割り、こちらに向かってゆっくりと降下する超巨大な火の玉が一つ。

爽太とアリスの顔は一瞬で蒼白になった。

「い、隕石……だと!?」

「【超巨大隕石アルマギドゥーン】。すべてのプレイヤーの総資産を0にして、フィールドそのものを一瞬で焦土に変える。まさに絶望の体現者」

「最後の最後になんつーもん仕掛けてんだ!?」

「……サプライズ？」

「驚きすぎて顎外れるわ！」

爽太からツッコミを受けつつも、フィーはよろよろと立ち上がった。

その顔には、卑屈な笑みが浮かんでいる。

「むふふ……どうせフィーには友達いない。こんな世界、さっさと滅べばいい」

「自暴自棄かッ！」

「ソ、ソソソソソソソソータさああああああああんっ！　早く逃げないとッ、逃げないと大変なことに――――ひゃあああああああああああっ!!」

チュド――――――――――ンッ!!

「だあああああああああああああああああああっ!!」

「きゃあああああああああああああああああああっ!!」

隕石が地面に着弾し、盛大に爆発。

衝撃で地面がめくれ上がり、爽太たちは揃って上空へ吹き飛ばされる。

高々と宙を舞いながら……爽太は改めて思った。

やっぱり、こいつらが作るゲームはハイテクであってもロクでもねえ――と。

○　●　○　●

――後日。

早朝に爽太が店のほうへ顔を出すと、アリスがカウンターでせっせと何かを書き綴っていた。

疑問に思って近づくと、こちらの気配を察した彼女が顔を上げて「あ」と声を上げる。

「おはようございます、ソータさん」

「おはよう。今日は早いな」

「はい。ちょっと胸に留めておけるうちに、自分なりにまとめておきたい情報がありまして」

「まとめておきたい情報……？」

爽太は、アリスが先ほどから熱心に羽根ペンを走らせている用紙を覗き見た。

その紙面に書かれた内容を読んだ瞬間……堪らずに表情をしかめる。

「こ、これは……」

「先日のゲームで学んだ反省点です！　わたし、お嫁さんとして不甲斐なくて、ソータさんに迷惑かけてばかりでしたから。本番に向けて、きっちり計画を立てて今からイメージトレーニングしておこうかと！」

そう気合を入れて語るアリスの手元の紙には、子作り計画や子育てにおけるアレコレ、夫婦間における将来の展望などなど……爽太が思わずドン引きするくらいに、詳細で綿密な計画がビッシリと書きこまれていた。

「この間のゲームは商品化できませんでしたけど、わたしとしてはいっぱい学ばせてもらいました！　やっぱりゲームは奥深いです！」

目を輝かせ、ひたむきに語る姿は、素直に可愛いと思う。

しかし、その可愛さとひたむきさに――爽太はある種の恐怖を覚えた。

勇者のお楽しみイベントの際のアリスの暴走っぷりが想起される。……もしアリスと夫婦になったら、俺はああやって滅茶苦茶されてしまうのだろうか。恐い。アリス、恐い。

「……えっと。アリス？」

「はい？」

やんわりと反論しようとした爽太に、アリスはきょとんと首を傾げる。

一瞬の逡巡。そして。

……爽太の中で、なにかが急激にしぼんでいった。

「…………いや。やっぱりなんでもない」

「そうですか？　では、わたしは計画の続きを練りますので！」

再びルンルンと用紙に書き込みを始めるアリス。

その楽しそうな横顔を見て……爽太は深いため息を吐いた。

言ってやりたいことは山ほどある。

が、今の彼女を見ているとそんな気概も削がれた。

それに――。

（……しょせんはゲームの中だけの話、なんだが……）

なぜだろう。

この間のゲームのときのように、未来の世界で「こんなはずでは⁉」と涙目になっているアリスの姿が――今から容易に想像できてしまった。

Date.5　ボーイズ・ビー・ガチビシャス　～少年よ、ガチゲーマーであれ～

「……ダメね。このままじゃ新作としては売り出せない」

右手に持った水晶玉を円卓にコトリと置いて、あたし――レイチェル・アルフェンスは、暗澹（あんたん）たる面持ちでそう告げた。

とたん、シンと静まる会議室。

円卓を囲むように座る男たちが、冷や汗を流しながら横目を送り合う。全員があたしよりずっと年上なくせに、どこかビクビクとしていて頼りない感じだ。もっとも彼らのそういった態度は、あたしが不機嫌にしているのが主な原因なんでしょうけど。

「あ、あの。支部長？　具体的にはどのへんがダメなのでしょうか……？」

っと、男の中の一人が思い切ったように訊（たず）ねてきた。

彼の率直な質問に、あたしは短く鼻を鳴らして腕を組む。

「わからないの？」

「……も、申し訳ありません」

　困り果てた顔をする彼に、あたしは目を細めた。

……もどかしい。なんで伝わらないんだろう？

「アイディアに広がりを感じないのよ。遊んでても全然ワクワクできない」

「し、しかし。事実、この路線での商品は売れています。下手に外すより、市場の需要を辿るほうが商会全体の利益としても――」

「ああもうっ。だからさ、あたしが言いたいのは売れるとか需要があるとか、そういう商売の話じゃなくてっ！　もっとなんかこう……内容的な？　湧き上がってくるものがないの！　なんか！」

　うまく言葉にできないでいるあたしに、男たちは一様にきょとんと首を傾げる。

　彼らに悪気がないのはわかる。でも、わかっていながら少しイライラしてしまった。彼らは全員が商売におけるプロフェッショナルだ。儲けを作ることに関しては天才的だが、こういう話となるとてんでダメなのである。伝わらないのも当然と言えば当然か。

　なんだか気疲れして、あたしは項垂れた。

「……今日の会議はこれで畳むわ。次までに、みんなそれぞれ新しいアイディアをじっくり考えてみて。あたしのほうでも練っておくから」

　あたしはやれやれと嘆息し、会議室の出口に足を向けた。

あたしたちが作ってる『ゲーム』は、言ってしまえば『娯楽』だ。

生活必需品でなければ、特別な意味があるわけでもない。

単なる遊び。それがすべて。

でも、だからといって手を抜いていいわけじゃない。

娯楽とは心に彩りと充実をもたらすものだ——とは、うちの商会長、あたしのパパのモットーであるが。あたし自身、その意見には大いに賛同していた。

だって、そうでしょう?

人を楽しませるのって、すごく難しくて奥深い行為だもの。「お遊び」なんて表現だと陳腐に聞こえちゃうけど、「心の彩り」と表現するとなんだかオシャレな感じ。

……あ、えっと。べつに表現どうのが問題じゃなくてね?

あたしが言いたいのは、ゲームにだってちゃんと意味はあるってこと。

特にこの国は、十数年前まで戦争に明け暮れ、『娯楽』という文化には縁遠かった。遊びを知らない子供、そして遊びを知らない大人。そんなのが当たり前の毎日だった。

そんな中……平和が訪れたこの国で。

一番重要なのは、やはり「心の彩り」だと思うのだ。

幼い頃のあたし自身、パパを通してこの『ゲーム』という遊びに触れて、一発で心を射止められてしまった。ゲームは楽しい。作るのも遊ぶのも大好きだし、ゲームについてを考えるだけで気分が高揚してワクワクする。……そんな経緯があって、あたしはパパの仕事を積極的に手伝ってるわけだが、まあ今はそのへんの話は置いておく。

とにかく、あたしは自身が体験したゲームの楽しさを、世界中の人に伝えたいと思った。ゲームがもっと広まり、人々の心に彩りが与えられれば、戦争なんて愚かな行為も二度と起こさなくなるかもしれない――なんて考えは少し飛躍しすぎかもしれないけど。それでも、この国の明るい未来を作るためには、絶対に必要なものだと密かに確信している。

だからこそ、その先駆けたるあたしたちは、より面白くワクワクするゲームを人々に届けなきゃいけないのよ！

……っていうのが、今のあたしの主張。

主張……なんだけどさ？

正直に白状すると、現実はあまりうまくいっていない。

「ふぐぐぐ……っ」

街の大通りを進みながら、あたしは悩むように低い唸り声を上げた。

道行く人々が不審そうな眼差しを向けてくるが、あいにくそれらを気にできるほどの心の余裕もない。

「……うう。新しいアイディア、どこかに転がってないかしら……」

外に出れば閃きがあるかも？　みたいな打算で街に繰り出してみたまではいいものの。

当然、アイディアなんてそう都合よく転がってるわけもなく……。

結果、あたしは難しい顔で唸りながらただ散歩するだけの人――という、傍から見ればかなり危ないタイプの人間と化してしまっていた。

「ねーママー。あのお姉ちゃん、どうして人を殺しそうな目で周囲を睨みつけているの？社会の不条理に憤ってるの？」

「しっ！　見ちゃいけません！　触れちゃいけない事情があるのよ、きっと！」

挙句の果てには、通りすがりの親子にそんなことを言われる始末。

……なによ、人を殺しそうな目って。あたしはゲームを作るためにこうやって悩んでいるのよ？　むしろ夢と希望を届ける側なのよ？　失礼しちゃうわ、まったく。

「はぁ」

苛立ちが一周回って、急に力が抜けた。

……バカみたい。気分転換のつもりが余計にイライラして。

とりあえず頭を冷やすため、あたしは街の中央にある広場へと足を向けた。

円形の広場に立ち入ると、運よく噴水周りのベンチに空きがあったので、遠慮なく腰かけさせてもらう。ベンチの背もたれに寄りかかりながら、あたしはぼんやりと晴れ渡った空を仰いだ。

「ままならないわね……色々と」

ポツリと。そんな言葉が漏れる。

ままならない。現状を表すには本当にピッタリの言葉だ。

今のあたしがぶち当たっている問題――。

それは、端的に言えば「商品のマンネリ化」だった。

いいアイディアが浮かばない。新しいゲームを作っても同じようになってしまう。

元々、この国ではゲームの文化が浅いこともあって、参考となるサンプリングが極端に少なかった。そんな中、ゲームを作るのもほとんどが手探り状態。言ってしまえば「なんでもアリ」なのだ。

だからといって、奇抜すぎてゲテモノと化してしまっては本末転倒なのもわかっている。下手をすれば、近隣住民から「カオスを生み出す魔窟」とか呼ばれている、あの【アミューリア】みたいになってしまうだろう。……うん、軽く想像するだけでも恐ろしい未来だ。

ゆえに、あたしはとことん行き詰まっていた。

いわゆるスランプというやつだ。

「せめて突破口となる何かがあれば……でも、相談できる相手なんていないし……ううううううううう……」

新しい旋風。

新しい価値観。

今のゲーム文化をさらに面白く、そして高度に発展させられるような……そんな何か。

ないものねだりも甚だしいのは充分に自覚してる。

しかし、自覚してるからこそ、悩むのだ。

絶対に都合よく手に入らないと理解している……それがゆえに。

「……はぁ。帰ろうかしら」

再び大きなため息を吐いて、あたしはベンチから腰を浮かせた。

まあ、いつまでこうして唸(うな)っていても仕方がない。まずは自分のデスクに戻って、今あるアイディアを整理してみよう。現状それしか方法はない。

落胆しながら立ち上がった——その矢先だった。

「くそぅ……面倒くせぇ……」

「まあまあ。約束でしたし、仕方がないですよ」

不意に、広場を横断するように一組の男女が通りかかる。

一人は、困り顔をして小首を傾げる銀髪の少女。長い耳からエルフ族とわかる。

もう一人は、覇気のない半眼で恨みがましそうな表情をしている黒髪の少年だった。こちらは亜人種でなく、自分と同じ人族である。

彼らの顔にはよく見覚えがあった。

（……っ。あいつらは……！）

瞬間、あたしは急いでベンチの後ろに身を隠す。

……あー、えー。べつにそんなことをする必要もなかったんだけど。反射的に体が動いてしまったのだ。天敵に遭遇したときの生物の本能的行動……みたいなものだと思う。たぶん。

噂をすれば、なんとやら。

そいつらは件の「魔窟」――近隣にある貧乏マジックショップ、【アミューリア】で働いている連中だった。

少女のほうは、そこの一人娘であるアリス・カルミシア。相変わらず気弱そうで、小動物のような印象を受ける。

そして、もう一人の少年は――。

（この間の新人？　名前は……ソータだったかしら？）

うん、確かそうだ。

ヘンテコな名前だったから記憶に残っている。

「約束って言ってもな……。対戦に選んだゲームがあいつらの創作物な時点で、ほとんどワンサイドゲームだっただろ。ラグで曲がる魔法弾とか、どう避けろっつーんだよ……」

「ふふっ。でも、あれはあれで楽しかったですよ？」

どうやら二人は、街中に買い物へ出ていたらしかった。ソータのほうが重そうな紙袋を両手に抱えている。

二人の会話を要約すると、店の商品の試遊を兼ねて【アミューリア】メンバーでゲーム対戦会を行い、その成績の悪かった奴が自腹でパシリをやらされる――ということをやっていたみたいだ。……相変わらず能天気というかなんというか。あの店の惨状ともいえる経営状態で、よくもまあ遊び半分に構えていられるものだ。

「それに。最後の試合、ソータさんはわざと負けてくれたんですよね？　わたしを一人だけビリにしないように」

「ぶッ！　は、はあああぁ!?　そんなわけないだろ!?　たまたまだ、たまたま！」

「はいっ。そういうことでいいです」

「……うぐ」

嬉しそうにニコニコするアリスに、ソータは顔を真っ赤にしている。

……なんだろう。傍から見てはっ倒したくなるイチャイチャ具合だ。

そういえばあいつ、アリスの体が目当てで近づいたんだったわよね？　アリスに手出しする前に、この場で始末しとくべきじゃないかしら？

ゲーム制作がうまくいかず気持ちがささくれ立っていたこともあり、あたしの脳裏に物騒な考えが浮かんだ。……べ、べつに八つ当たりとかじゃないわよっ？　目の前で展開されるイチャイチャについイラっときたとか、全然そんなことないんだから！

ひと通りの言い訳が完了したところで、あたしはベンチの陰から立ち上がった。

目標、目の前！　標的はエルフ美少女の体を狙う卑劣なヘンタイ！

これより正義の鉄槌を執行する！

ゲームっぽいモノローグで気分を高めつつ、あたしはズンズンと彼らに歩み寄り始めた。

しかし。

「——わっ！」

「うおっ」

その直後、広場の反対側から駆けてきていた複数人の子供のうちの一人が、ソータと思いっきり正面衝突した。

友達と騒いでいたことで完全に余所見をしていたらしい。おまけにその子供は棒付きのアイスを片手に持っており、それがソータの服にベチャリとついた挙句、無残にも地面に落下した。

……重苦しい沈黙が流れる。

アリスは突然の事態にあわあわとしていた。ぶつかった子供は子供で、アイスを失った悲しみと、見知らぬ相手にぶつかってしまった恐怖の板挟みで、謝罪の言葉すら出ずに固まってしまっている。

ソータは先ほどからの不機嫌そうな顔つきのまま、アイスで汚れた自分の服と、立ちすくむ子供を交互に見比べていた。

とたん、その目が鋭く眇められる。

マズい。あたしは直感的にそんなふうに思った。

あいつは女の体を目当てにするような卑劣漢だ。このままじゃ、あの子供になにをしでかすかわかったものじゃない。

想像される悲劇を未然に防ごうと、あたしは急いで飛び出そうとした。

……のだが。

「……はぁ」

ソータの口から漏れたのは、思いのほか気の抜けた、ため息だった。

彼は膝を折ると、涙目でビクリと身を竦ませる子供に視線の高さを合わせる。

「あのな。こういうときはまず『ごめんなさい』だろ？」

「…………ぁ、ぅ」

「おい……自分でぶつかっておいて泣きそうな顔するなよ……」

やや辟易としてはいるが、その言葉に怒りの感情はない。

むしろ、泣きそうな子供に困っているという感じだ。

……え？　え？　ああれ？

こいつ……意外に悪い奴じゃない？

よくよく思い返してみれば、自分が【アミューリア】に対してクレームをつけにいったときも、彼の対応はどちらかと言えば紳士的だった。アリスの体目当てと言うのも、あくまでティアやフィーの情報から自分で推察したことである。

も、もしかしてなんだけど……。

あたしの一方的かつ、盛大な勘違いだったり？

「しょうがねえな」

混乱していると、ソータが手に持っていた紙袋を地面に置いた。

彼は中身をガサゴソと漁ると、そこからナイフと紐、そして厚紙のようなものを取り出す。

なに？　それから子供が取り落としたアイスの棒部分を拾い上げ、ナイフで素早く削り始めた。

なんなの？

彼の唐突な行動の意味が、あたしにはサッパリ理解できない。

「ソータさん？　なにをやっているんですか？」

「ん、ちょっとな」

アリスや子供も訳がわからず呆然とする中で、ソータはどんどん作業を進めていく。

ナイフでアイスの棒の形を整え、それに厚紙を紐で括りつけた。厚紙の角度を調整するようにして、満足したように頷く。

作業時間にしてほんの三分足らず。

出来上がったヘンテコな物体を、ソータは隣から覗き込んでいたアリスに手渡した。

「ほら、アリス。こいつを手のひらで回してみてくれ。勢いよくクルクルって」

「へ？　……な、なんですか、これ？」

「いいからいいから」

ソータに促されて、アリスは困り顔をする。しかし言われた通り、手のひらをこすり合わせるようにして物体を回した。

次の瞬間。

「えいっ！　――ふあああぁ!?」

「わあっ！」

「…………っ!?」

アリスの手で回された物体が、勢いよく宙に舞い上がった。

アリスは驚きの声を上げ、泣きそうな顔で黙り込んでいた子供が目を丸くする。

かくいうあたしも、思わずゴクリと息を呑(の)んでいた。

クルクルと宙を舞う物体。形としては、風車っぽい羽根に棒を取りつけた……みたいな感じだろうか。それが、高々と空を飛んでいた。なにか特殊な仕掛けを施した様子があるでも、ましてや魔法を使った形跡があるでないにもかかわらず。

「す、すごい……。飛んだよ、お姉ちゃん⁉」

「はい、飛びました！　魔法も使ってないのに！　どうなってるんですか、ソータさん⁉」

「……そ、そんなに驚くことか？」

大きな声で騒ぐ二人に、ソータは面喰(めんくら)ったみたいに戸惑っていた。

他の子供たち、そして道行く通行人も、飛んだ物体を驚いたように指さしている。

「『竹とんぼ』って名前の、簡単なオモチャだ。俺が元いた世界では、当たり前すぎる遊びなんだけどな……。原理もすげえ単純だし。魔法があるぶん、こっちの住人はこういうのに疎いのか？」

「竹とんぼ……？　き、聞いたこともないですっ！」

「たけとんぼー！　すごいすごーい！」

ソータが説明している間に、やがて竹とんぼとやらは勢いを失い、ヒュルヒュルと地面に落ちる。ソータはそれを拾い上げると、目を輝かせて眺めていた子供に手渡した。

「ほらよ。失ったアイスのぶんはこれで我慢しろ」

「え……？　も、もらっていいのっ？」

「大したもんじゃないけどな。これに懲りたら、余所見して走ったりするんじゃないぞ？」

「ぁ……う、うん！　ありがとう、お兄ちゃん！」

子供はピョンと跳ねると、竹とんぼを持って子供たちの一団に戻って行った。

はしゃぎながら走り去る彼らを見送り、ソータはやれやれと嘆息する。

「…………」

「アリス、子供相手に物欲しそうな目をするんじゃありません」

「はっ!?　い、いえ！　なんでもないですよ!?　竹とんぼ羨ましいなー……とか全然思ってませんからっ！」

「……わかったよ。帰ったらもう一本、作ってやるから」

「本当ですか!?」

嬉しそうに手を合わせるアリスに、ソータは苦笑いで肩を竦めた。

「…………」

でも。

あたしは、それどころじゃない。

今の光景に、頭が酷く混乱していた。

心臓がバクバクと高鳴っている。

今のはなに？　なんであいつは、咄嗟にあんなことができたの？

それに……さっきあいつが口にした言葉。


――『俺が元いた世界では』って？


気づけば、夢遊病のように無意識に足が動いていた。

何かに操られるようにしてフラフラと広場を横断し、そのまま彼らの前に立ちふさがる。

頭の中は真っ白だ。完全にノープラン。

でも、口のほうはそんなこと知らないとでもいうように、勝手に言葉を紡いだ。

「……あんた。今の……なに？」

自分でもビックリするくらいの低い声が出た。

いきなりのあたしの登場、そして唐突に話しかけてきたことに、ソータとアリスが立ちすくんで目を丸くしている。

「へ？　なに？　つーか、お前……この間のクレーマー少女？」

「レイちゃんっ。こんなところで奇遇ですね！」

ようやく脳の処理が追いついたらしいアリスが、パッと表情を明るくして駆け寄ってくる。馴れ馴れしく手を握ってきて、いつものあたしなら照れ隠し——もとい、鬱陶しくて振り払っているところだが、今日はそんな気も起こらなかった。

あたしは「ん」と適当にアリスに応じつつ、ソータのほうを射すくめる。

ソータは堪らずといった具合に顔をこわばらせた。

「な、なんだよ」

「……質問。答えなさいよ」

うん、我ながらに不審者全開だと思う。

いきなり現れたかと思ったら、いきなり不躾な質問だなんて。しかも、大して親しくもない相手に。どう見てもヤバい奴じゃない、あたし。

頭でそんなふうに自嘲しつつも……視線はソータから外せなかった。

あたしの異様な雰囲気に気づいたのか、はしゃいでいたアリスも小首を傾げている。

「レイちゃん……？」

「…………」

あたしは無言でソータを見つめ続ける。

ソータは混乱したように目を白黒させて、「えっと……？」とあたしを見つめ返した。

「もしかして、さっきの竹とんぼのことか？」

「そうよ。あんたはどうして咄嗟にあんなものを作れたの？」

「どうしてと言われても……」

ソータは答えに窮したように視線を泳がせる。どう説明したものかと迷ってる感じだ。

あたしたちの間に、妙に重苦しい沈黙が流れる。そんなとき。

隣のアリスが何かを閃いたように、ポンと手を打った。

「あれ？　レイちゃんには言ってませんでしたっけ？　ソータさんは、異世界からやってきた異世界人さんなんですよっ！　異世界のゲームのこととか、色々な知識とかいっぱい持っていて、とにかくすごいんです！」


「………………は？」

満面の笑みで告げられる、アリスの言葉。

あまりの突拍子もない内容に、あたしの思考はフリーズした。

ソータが慌てたようにアリスを見る。

「ア、アリス！　そんなサラッと――！」

「ほえ？　……い、言っちゃマズいことだったでしょうか……？」

「いや、マズいってことはないけど……。でも、いきなりド直球でそんなこと言ったら混乱されるだろッ？　頭のヘンな奴って思われかねないし……！」

ソータは非常に気まずそうにしていた。

当然、あたしの脳は激しく混乱している。

……異世界人？　あいつが？

なんだその荒唐無稽な話は。確かにこの国には召喚術という魔法が存在するが、異世界からの渡航者……言語を操るような人型生物の召喚に成功した事例など、少なくともあたしは聞いたことがない。

べつの世界から来た異世界人。そんなのは、それこそフィクションだけの話である。

だけど――。

「…………っ」

あたしの中で、異世界人と紹介された目の前の少年――ソータについての情報が高速で巡る。

多くを知っているわけではない。

しかし、判断材料と呼べるものはあった。

あいつがあたしの知らない技術で、見たこともない不思議な玩具を作ってみせたこと。

そして、あいつと初対面のときに覚えた違和感。まるでゲームについて詳しいように、あいつは【アミューリア】の商品に片っ端からツッコミを入れていた。

もし……もしもだ。

あいつが本当に異世界人で。

この世界で生きるあたしたちが、まったく知らないような未知の知識を有しているとしたら？

「………ッ」

不意に光明が見えた気がした。

今のあたしがぶち当たっている壁。

それを打ち破るのに……こいつは使えるかもしれない。


「――【シャイニングバインド】！」


思い立った直後、あたしは足元に魔法陣を展開させていた。

……ああ、あたしってばなにをしようとしてんだろ。

自分で自分の行為に呆れながらも、不思議とやめようという気にはなれない。

素早く指先を動かすと、魔法陣から幾筋もの光の糸みたいなものが飛び出してきた。

「なぁッ!?」「ひゃう!?」

ソータとアリスが驚愕すると同時、糸がソータの体にグルグルと巻きついた。

発動したのは拘束用の魔法。人体に害を及ぼすことはないが、相手の動きを奪うには充分だ。あたしの魔術はあれよあれよとソータを巻き取り、空中に吊り下げてしまった。

当のソータは顔面蒼白で大きく目を剥く。

「ま、ままま魔法……!?　おおお俺、ままま魔法に拘束されて……ぶくぶくぶく……」

「きゃあああああ!?　ソ、ソータさんのファンタジーアレルギーが発症してしまいました！　誰かっ、誰かお医者様を――――――っ！」

「なにその意味不明なアレルギー!?」

よくわからないけど、魔法で縛られたソータが急に泡を吹いて気絶した。アリスがあわあわと騒いでいるが、命に別状はなさそうだしまあ大丈夫だろう。……大丈夫よね？

あたしは構わずに光の糸を操作し、その場からソータを持ち運び始める。

「レイちゃん!?　なにを……!?」

なにと訊かれても、あたしだって自分の行動の意味がよく理解できていない。

昔から頭より先に手が動くタイプなのだ。こうと思ったら、自分でもやめられない。

本当になにやってるんだろうなぁ。

これじゃああたし、不審者どころか誘拐犯みたいなんですけど。

内心で自嘲しながら、あたしはアリスに向き直った。

「悪いわね、アリス！　こいつ、ちょっと借りるわ！」

「ええっ⁉」

「大丈夫、傷つけたりはしないから！　それじゃ！」

言うだけ言って、あたしはその場から逃走する。

勢いで色々とやっちゃったけど、ここまで来たらなるようになれだ。

……とりあえず、衛兵に通報されないようにだけは祈っておこう。

○　●　○　●

見覚えのあるクレーマー少女に街中でバッタリと出くわしたかと思ったら、いつの間にか魔法で拘束されていた。

どうやら自分の人生は、平穏無事となってはくれない運命にあるらしい。

「――それで。ついつい誘拐してきちゃったんですかー？」

「――し、仕方ないでしょ！　勢いだったんだから！」

まどろむ意識の中、誰かが言い争うような声が聞こえてきた。

……なんだか最近、不意に意識が途切れた後、どこか見知らぬ場所で目を覚ます——みたいなシチュエーションばっかりだな。こういうのはフィクションだから王道だってのに。

辟易としながらも、爽太は瞼を押し上げる。

視界に光が流れ込み、周囲の映像が鮮明になった。

場所は——小綺麗な洋室。

【アミューリア】で与えられていた寝室とは比べ物にならないほど広い、豪勢な部屋だった。内装はオシャレそのもので、いかにも高価そうな家具の他、調度品なども置かれている。

印象としては、貴族の私室みたいな感じだろうか。

……んで。

肝心の自分はと言うと……その部屋の中心に置かれた椅子の上に座らされ、全身を縄でグルグル巻きにされていた。

「って！　なんじゃこりゃああああああああっ!?」

「あっ。起きたわ」

「起きましたねー」

叫ぶ爽太の声に反応して、部屋の中にいた二人の人間が振り返る。

一人はいかにも気の強そうな赤毛の少女。知っている顔というか、気を失う前にいきなり自分のことを襲ってきた張本人である。

そしてもう一人は、まったく知らない顔だった。

パーマのかかった茶髪の少女。くたびれた顔つきをしているが、年齢は爽太よりも少し上……ティアと同じくらいかと思われる。身長もだいぶ低い。

さらにその頭からは、もふっとした獣耳が生えていた。

爽太はすぐに、彼女がフィーと同じドワーフ族であることを察する。

「なななななんなんだ、お前たち!? 俺をどうする気なんだ!?」

とりあえず、思いついた疑問はそれだった。

見知らぬ場所、よくわからない奴ら。

おまけに自分は縄でグルグル巻きにされている。

監禁？ 誘拐？ 自分なんかにそんなことをしてなんの得があるかは見当もつかないが、事実こうして捕まっている。意味不明だ。

慌てふためく爽太に、赤毛の少女——レイチェルと、もう一人の茶髪の少女が、互いに眉根を寄せて顔を見合わせた。

「ほら、レイさま。訊かれてますよー？ なーんでこんな誘拐まがいのことしちゃったんですかー」

「う、うっさいわね、ミルフィ！ 事情はさっき説明してあげたでしょうが！」

「事情にもなってない身勝手な理由でしたけどねー……」

「とにかく下手に出たら負けよ！　こっちが誘拐犯だって認めることになるわ！」

「その通りじゃないですかー」

「しッ！　いいからあんたは黙ってなさい！」

こちらのことそっちのけで、二人はなにやら言い争っている。

爽太が半眼で眺めていると、やがてレイチェルが「コホン」と咳払いをした。

彼女は気合を入れるように自分の頬を叩くと、大きく胸を張って前に進み出てくる。

「……え、えーと。その……」

「……？」

しかし、直後に迷ったように視線を泳がせ始める。

まさかとは思うが……本気で自分を正当化するための言い訳を考えているのだろうか？

いや、絶対に無理でしょうよ。これどう考えても誘拐だし。

呆れかえって爽太が口を開きかけた、そのとき。

何かを閃いたように、レイチェルがハッと息を吐いた。

「……ま」

「？　ま？」

「ま、ま、ま…………まんまと誘い込まれたわね、愚かな勇者よ！　不用意に我が【ルルカンド】商会第三支部の居城に踏み入ったこと、存分に後悔するといいわ！」

「どちらかと言えば無理やり連れ込まれたんだがッ⁉」

なぜに魔王城のトラップに引っかかった勇者風に⁉

目をグルグルさせるレイチェルの袖を、隣の少女がすぐさまグイグイと引いた。

「レイさまレイさまー。その感じで突き通すのは無理がありますって。どうして相手のほうが忍び込んだ体で過去を改ざんしようとしてんですか、あなたは」

「だ、だって！　こっちの非を認めないようにするためには、こういう方法しか思いつかなかったんだもん！」

「どんな犯罪者の理屈ですか……。だからって勇者はないでしょ、勇者は」

「咄嗟に他のシチュエーションが思い浮かばなかったの！　あたしはゲーム脳なのよ～っ」

「……はいはい。もうわかりましたから。これ以上はややこしくなるんで、大人しくアタシに任せてください。いやマジで」

コントのようなやり取りを経て、茶髪の少女がゆるゆるとこちらを向く。

……な、なんなんだ、こいつら。

まさかコントのネタを披露するために、自分を拉致ったわけでもあるまいに。……あ、でも、少なからずその線もあるか？　ヘンな感じの奴らだし。

爽太が思考をグルグルさせていると、歩み寄ってきた茶髪の少女がペコリと頭を下げた。

「あ、どもども。うちの上司が滅茶苦茶(めちゃくちゃ)ですみませんねー」

「……は、はぁ」

なんか思ったよりもだいぶ低姿勢だった。

泡を食う爽太に、少女は気にしたふうもなく続ける。

「えと。確かソータさん？　でしたっけー？　あなたのお名前は」

「っ!?　ど、どうして俺の名前を……!?」

「ああ、警戒しないでください。単にレイさまから聞いただけって話ですから。あなたに危害を加えるつもりは特にないんで。安心していいですよー」

言うと、少女は爽太の後ろに回って体を縛りつけていた縄を解いた。

予想外にアッサリとしすぎた解放に、爽太は思わず目を白黒とさせる。

「お前らはなんだ？　なにが目的で俺を？」

「そうですねー。まずは順を追って説明しましょうか」

茶髪の少女はピッと人差し指を立てた。

「まずはこの場所ですが。【ルルカンド】商会第三支部の一室。この街にあるルルカンドの拠点でありますー」

「ル、ルルカンド……？」

その名前は知っている。というか、つい先日に知ったばかりだ。

そこにいるレイチェルの実家であり、この国で広く事業を展開している名うての大手商会。アリスの説明では、確かそんな感じだったはずだ。

少女はさらに続ける。

「んでんで。そっちにいるのがうちの商会長のご令嬢であり、ここ第三支部のトップを務める、レイチェル・アルフェンスさま。アタシはその部下で、支部の商品開発……『ゲーム』開発における主任を務めさせていただいている、ミルフィ・シルマリアと申します」

「……ゲーム開発の主任？」

「あっ、驚きました？　本来は魔力適性が低いドワーフが、高度なマジックアイテム筆頭である『ゲーム』の開発担当責任者だなんてー。いやー、うちらの中にもたまにいるんですよ、魔法の扱いに長けた変わり者ってのが。実はアタシの親戚の子も同じで——」

「……ミ・ル・フィッ？」

「——などと他愛ない雑談で空気を和やかにしようと思ったのですが、無言で睨むレイさまが超恐いので断念するアタシでしたー。ちゃんちゃん」

隣のレイチェルにギロリと睨まれて、ミルフィと名乗った少女はヘラヘラと情けない笑みを浮かべた。……やっぱりこいつら、漫才のコンビかなにかなんじゃないだろうか。

それにしても、大手商会の人間か。

あの赤毛の少女が支部長なんて偉い立場にあったのもビックリだが、そうなると自分なんかを拉致した意味がますますわからない。貧乏マジックショップの店員を人質に取って、大手商会が身代金を要求する……なんてまずありえないだろうし。

それに、ティアとフィーなら「必要な犠牲だった……」とか言って即見捨てそうだしな。

……ああでも、アリスあたりは内臓を売ってでも助けようとしそうだ。笑えない。

そんな感じでゴチャゴチャと思考を巡らせていると、ミルフィの前に立つようにしてレイチェルがずずいっと顔を寄せてきた。

至近距離で睨まれて、爽太は堪らずに身を引く。

「な、なんだよ？」

「…………」

レイチェルは無言でゴソゴソとポケットを漁ると、何か小さなものを取り出した。

爽太は大きく目を見開く。

それは……粗末な素材で作られた、一本の竹とんぼだった。

「お前、それ……」

「あんたをここへ連れて来る途中で、あんたとぶつかった子供から借りといたのよ。もちろん、相手の同意ありきでね」

「──そんなこと言ってー。レイさまのことだから、また色々と無茶したんでしょ。子供相手に大人げない」

「うっさい！　後でちゃんと返すわよ！」

茶々を入れるミルフィをギロリと睨んで、レイチェルは爽太に向き直る。

それから彼女は竹とんぼを自分の手のひらに挟み、クルッと回してみせた。勢いを得た竹とんぼは、室内の天井付近までフワリと浮き上がる。

単純すぎる玩具だ。馴染みのある爽太にとっては特別に驚くこともない。

しかし——他の二人は違った。

傍で様子を見ていたミルフィが「おお……」と感嘆の声を漏らす。竹とんぼを飛ばしたレイチェル自身も、改めてその現象を見て、目を見開いていた。

……いい歳した少女二人が竹とんぼに魅入る、チグハグな光景。

違和感を覚えずにはいられない爽太に、レイチェルが興奮した様子で振り返る。

「こんな技術、あたしたちの世界には存在しないわ」

「……技術って。そんな大げさなものじゃ——」

「大げさよ。魔法を使わずに物を飛ばす方法。それを簡易化させて、遊びに活かす発想。あたしたちの世界にはないモノ。こんなの、こんなこと——」

レイチェルはキッと表情を引き締め、

「——こんなこと、きっとあんたしか知らない」

爽太は息を呑んだ。

レイチェルは構わずに身を乗り出してくる。

「ねえ。あんたが元いた世界……異世界ってのは、こういう玩具とか、ゲームみたいのが他にもあったの？　あたしたちが知らないような」

「……そ、そんなこと訊いてどうするつもりだよ？」

「いいから。正直に答えて」

有無を言わせない物言いだった。

高圧的な態度には違いないが……こちらを見つめる瞳は、どこまでも真剣だ。

少し言い返してやろうかと口を開きかけていた爽太も、すぐに気概を削がれる。

「………あるよ。そういう簡単なオモチャだけじゃない。この世界で流行ってるゲームに似たようなものとか、色々と」

答えたとたん、レイチェルの表情がパッと輝いた。

その顔はまるで、サンタクロースに出会った子供みたいに無邪気で嬉しそうだ。それまでの高圧的な態度とのギャップも相まって爽太が驚いていると、レイチェルもすぐにハッとして誤魔化すように咳払いをする。

「そ、そう。そうなのね。ふーん」

「質問には答えたぞ。なにが目的で俺を拘束したのかは知らないけど、これで満足したか？ もう帰ってもいいよな？」

「っ！ ちょ、ちょっと待ちなさい！」

椅子から立ち上がる爽太を、レイチェルは慌てて引き留める。

「まだ質問は終わってないわ！ そのゲームってどんなの!? この世界のゲームと比べてどんな感じ!? すごいの!? ジャンルは!? 機種の種類は!?」

「な、なんなんだよ」

「答えなさいよ！ 減るものじゃないし！」

滅茶苦茶すぎる……。

だが、そんな純粋な視線でせがまれると、ものすごく断りづらいのも確かで。オモチャが欲しいと我が子に駄々をこねられてるお父さんの心境とでも言おうか。

爽太は仕方なく、この世界とは別のゲーム――地球のゲームについての情報を語って聞かせてやった。どんなゲームがあるのかとか、どういう形でゲームがリリースされるのかとか、流行りのジャンルはどんなものであるかとか。べつにゲーム開発関係者であったわけではないので、素人知識で知りえることをポツポツと。

だが、そんな大して価値もないような話を、レイチェルは真剣に聞き入っていた。

そして地球のゲームのことを知れば知るほど、その双眸がキラキラと輝きを増していく。

もはや最初に抱いたプライドが高そうなお嬢様……みたいな印象は欠片もない。

な、なんだ？

そんなにガッツリと食いつかれると、逆に恐いんだが。

「ゲーム……ゲーム……異世界のゲーム……っ！」

しまいには、熱に浮かされたようにブツブツと呟く始末。

なに？　この子はなにかの病気なの？

この世界には二次元美少女や引きこもりに侵された亜人種もいることだし、もしかしたらこいつも同じような感じなのかもしれない。

君子危うきに近寄らず。

嘉凪爽太は危ない人に全力で近寄らず（うまく実行できているとは言ってない）。

平和と平穏が一番。これ以上、妙な変態に絡まれるのは勘弁だ。

よし、相手もなんかポワポワとしている真っ最中だし、この隙にさりげなく立ち去ろう。

「あー……もういいよな？　俺は帰るぞ――」

「ねえ！　あんたに見てほしいものがあるの！」

チクショウ！　また阻止された！

厄介なことになる前に早々の退場を試みたのだが、ものの見事にその目論見は粉砕されてしまった。レイチェルは軽い足取りで部屋の出口である扉に向かう。

どうやら、あたしについて来い！　……という流れらしい。

眉根を寄せて隣を見ると、ミルフィが困り顔で肩を竦めてみせた。

またこのパターン。逃げられない感じなのか。

……たまらなく厄介なことになりそうだ。

○　●　○　●

「カナギくん「ソータが攫われたぁ？」」

ティアとフィーが、同時に素っ頓狂な声を上げた。

いつも通り閑散とした【アミューリア】の店内。

急いで駆け戻ってきたアリスは酷く混乱した様子で、あわあわと大きく身振り手振りを加えながら、先ほどの事件を二人に説明する。

「そ、そうなんですっ！　レイちゃんがいきなり現れたかと思ったら、光の糸がピューってなって、ソータさんがグルグルーって！　どうしましょうあばばばばばっ」

「アリス、少し落ち着く」

「要するに、レイにカナギくんを拉致された……みたいな感じらしいわね」

慌てふためきすぎて若干訳がわからなくなっているアリスを宥めつつ、二人は顔を見合わせる。

「カナギくんを、あのレイがねぇ」

「とにかく！　早く助けないとソータさんが危険な目にっ」

「だから落ち着きなさいって。理由は知らないけど、まあレイのことだし？　多少乱暴に扱いこそすれ、傷つけたりはしないいんじゃない？」

「むい。心配ない」

確認したように短く頷くと、二人は早々にクルリと背を向けた。

そして、先ほどから二人でプレイしていたテレビゲームをピコピコと操作し始める。

「と、いうわけで。カナギくんはたぶん大丈夫だろうから。いざ、頂上決戦の続きよ」

「フィーは無敵。ティア、自分の無力さを思い知るといい」

「二人とも!?　ソータさんが心配じゃないんですかッ？」

画面前に、アリスが必死の形相で割り込んだ。

二人はあからさまに面倒くさそうに顔をしかめる。

「心配って言っても……」

「むー。確かに、ソータにパシらせておいたお菓子がどうなってるのか、心配」

「そうじゃなくって！　ソータさん、攫われちゃったんですよ!?　レイちゃんの目的もまったくわからないですし！」

いつもは気弱で消極的なアリスだが、今日に限っては必死に食い下がってくる。

……ソータのことに関してとなると、本当にこの子は性格が変わる。

ティアとフィーも仕方なく観念するしかなかった。ゲームの勝負を中断し、コントローラーを置いてアリスに向き直る。

「まあそうね。レイの目的はちょっと不可解だわ」

「むい。ソータなんて攫う意味がわからない」

「基本、魔法とかにひたすら拒絶反応を示しまくる面白人間だものねー。からかうぶんには楽しいけど、わざわざ公衆の面前で誘拐を実行するほどじゃないと思うし」

「……あ、あの？　二人とも、口では色々と言いつつ、本当はソータさんのこと心配してるんですよね？　そうですよね？」

いたたまれなさそうな表情をするアリスはさておき。

レイの目的となると、見当はサッパリつかなかった。

攫われたのはよりにもよってあのソータだ。偏屈で口うるさく、ファンタジーアレルギーを頻繁に引き起こす、まともなようでまともじゃない感性の持ち主。

なんだかんだで面倒見がいい部分などもあるが、扱いのややこしいタイプであるには違いなかった。ここ【アミューリア】の変人スタッフの例に漏れず。

まだ「アリスが何者かに攫われた」とかのほうが、よほど実感の持てる話である。

「……そういえば。この間のレイ、ソータに興味ありげだった」

そのとき。

口元に手を当てながら、フィーが思いついたようにポツリと呟いた。

アリスとティアもハッと顔を上げる。

「言われてみれば。うちのゲームにひとしきりクレームつけたあと、フォローするカナギくんに色々と質問を浴びせてたわよね？」

「は、はいっ。確かにそんなこともあった気がします！」

「間違いない。ソータが攫われた理由、判明」

三人は顔を見合わせて頷き合った。

……大手商会の一人娘であるレイが、売れないゲームショップで働く変人のソータを無理やり連れ去る理由。

考えられるのは——。

「レイちゃん、もしかしてソータさんに一目惚れをして……!?」

顔面蒼白になって、アリスが震え声で告げる。

ティアとフィーも、訳知り顔でそれぞれに頷いた。

「むい。それしか考えられない」

「アリスとの関係にも過剰な反応を示してたわよね。まさかあのレイが、カナギくんに一目惚れするなんて思ってもみなかったけど」

三者三様に納得し、そして戦慄する。

「ど、どどどどうしましょう……!?」

「ここにきて寝取られ展開とはね……。興奮――もとい困ったことになったわ」

「ねとらッ!? あわ、あわわわわわわっ！」

アリスの顔色は真っ青を通り越して真っ白になった。

……むろん、ティアとフィーも本気で言っているわけではない。半分は冗談だ。

だが、過剰に慌てふためくアリスを見て……不謹慎ながら「面白い」と思ってしまった。

二人は新しい遊びを見出したかのように、ニヤリとほくそ笑む。

「アリス、慌てない。まだソータが奪われると決まったわけじゃない」

「で、でも！ レイちゃん、すごく可愛いですし！ 【ルルカンド】の一人娘さんっていう立派な肩書もあるし……！」

「そうね。なによりの問題は、ルルカンドの経済力。うちで働くより、あっちに婿入りしたほうが断然に豪遊できるわ。あわよくば、使用人を美少女で固めてハーレムもどきを形成したり……くうっ、なんてうらやまけしからん展開なのかしら！」

「……え、えと？　それは単にティアさんの願望なのでは？」

「アリス、現実から目を背けるのダメ。ソータも男だからハーレム望む可能性、なきにしもあらず。これは絶体絶命の大ピンチ」

「ふぇえっ!?」

容赦ないフィーの言葉に、アリスはすぐに涙目になる。

ティアとフィーは横目を送り合って頷いた。……うん、やっぱり面白い。

煽（あお）りすぎると暴走して大変なことになりそうだが、主に被害を受けるのはソータなのでよしとする。それはそれで余計に面白そうだし。

「わ、わたしっ……一体どうすれば……ッ！」

「こうなったら手段は一つよ、アリス。あなたの最大の武器を利用するの」

「ぶ、武器？　ですか？」

「むい。ルルカンドに対抗するための最終兵器。アリスはそれを持ってる」

アリスの肩に手を置いた二人は、神妙な面持ちになって、

「「『巨乳エルフ嫁』という最大最強の属性が……！」」

「それって武器なんですか!?」

目を白黒させるアリスに、二人はグッと親指を立ててみせた。

「武器も武器。アリスが本気になればソータと言えどイチコロ」

「カナギくんを引き留めておくには、もうそれしか方法はないわ。今こそ、あの滅多(めった)なことでは靡(なび)かないギャルゲーで言うところの隠しヒロイン……カナギ・ソータを攻略するとき。あなたが恋愛ゲームの主人公になるのよ、アリス!!」

ピシャーン！……と。

アリスの脳天に落雷がごとき衝撃が走った。

「わ、わたし、主人公……ソータさん、攻略……」

細い肩がわなわなと震える。

そして、彼女の瞳から困惑の色がスゥッと消(き)え失(う)せた。

代わりに、激しく燃え盛る闘志の炎が宿る。


「——わたし、レイちゃんに負けないよう頑張りますっっっ!!」


拳を高く突き上げ、堂々たる宣言をするアリス。

ティアとフィーは腕を組みながら満足げに頷(うなず)き………同時に、クルリと背を向けた。

互いに顔を寄せ合い、ヒソヒソと囁(ささや)く。

「……むい。ついノリで煽(あお)っちゃったけど、本当に大丈夫？」

「……まあいいんじゃない？　カナギくんを巡るアリスとレイの三角関係……みたいな修羅場展開も、今後のゲーム作りの参考になりそうだし」

二人はそろそろと振り返り、「うおーっ！　わたしはやるんですーっ！」と一人燃えているアリスの様子を窺う。

……なにはともあれ。

これからもっと面白いことになりそうなのは間違いなかった。

○　●　○　●

レイチェルに連れられてやってきたのは、薄暗い地下通路のような場所だった。

先の見通しが利きづらい廊下。天井には白く発光する電球みたいなものが取りつけられており、ほんのりと辺りを照らしていた。隣を歩くミルフィに訊ねてみると、どうやらルルカンド商会の開発した照明用マジックアイテムの一種であるらしい。

とにかく、怪しげな場所だ。

進めば進むほど不安が募る。

「……なあ、お前さ。いい加減、どこに連れて行こうとしているかくらいは教えてくれてもいいんじゃないか？」

爽太が声をかけると、少し前を先行するレイチェルがチラリと振り返った。

「――レイチェル」

「は？」

「お前じゃなくて、レイチェルよ。そうね、特別にレイって呼ぶことを許してあげるわ。あたしもあんたをソータって呼ぶから。いいわね、ソータ？」

一方的にそんなことを言って、彼女は睨みを利かせてくる。

相変わらずの強引さだ。いきなり馴れ馴れしく名前呼びしてきたのには正直面喰ったが……拒否したら拒否したで、また噛みついてきそうな顔つきである。

納得がいかないものの、爽太は仕方なく頷くしかなかった。

「わかったよ……レイ」

「そっ。じゃあ行きましょう、ソータ」

「……いや、だから。どこに行くんだよ？」

「すぐにわかるわ。……ほら、ここを抜ければ」

レイが言うが早いか。

爽太たちは、薄暗い通路を抜けた。

その瞬間……爽太はゴクリと息を呑む。

目の前の視界には、広大な地下空間が広がっていた。

だだっ広いフロアに、無数の作業台や錬金釜みたいな器具が並べられている。そこに、丈の長いローブを纏った魔術師風の人物たちが忙しそうに動き回っていた。ある者は用紙に複雑な魔法陣を移し書きしていたり、またある者は釜に素材をくべて実験っぽいことを行っていたり、別の場所では火花を散らせながら魔法で物質を溶接している者なども見受けられる。

……さながら、地下施設の魔術工房といったところだろうか？

空間の中央、その天井部には、ほんのりと発光する謎の青白い球体が浮かんでいた。

どのような原理で浮いているかもわからず、なんの用途に使うのか、そして材質も見た目だけではサッパリだ。見方によっては幻想的だが、爽太の目にはかなり不気味に映った。

「な、なんだここは……？」

「【ルルカンド】商会第三支部、商品開発部のフロアよ。情報漏えいを防ぐため、本来は部外者の立ち入りを禁じてるんだけど。今回は特別に許してあげるわ。感謝しなさい？」

ふふんと鼻を鳴らし、レイは押しつけがましくそう言ってくる。

爽太は唖然として周囲を見回した。

「商品開発部？　このだだっ広い地下施設全部がか？」

「ええそうよ。ここでは日々、うちの開発専門スタッフたちによる『ゲーム』の研究が進められているわ。うちの支部の中核と言っても過言じゃないわね」

……なんということでしょう。

うちの【アミューリア】との落差が激しすぎる。うちの場合、売り場と会議室と開発部が全部一緒くたになってる感じだからな……。まあそもそも客が来ないので、べつにそれでも毛ほども問題ないのが、さらに悲しいところなんだが。

しかし……そんな商会にとって一番重要な施設を、レイはどうして自分なんかに見せようと思ったのだろうか？

考えていると、レイが強めにグイグイと腕を引いてくる。

「ほら、ボサッとしてないで。こっちよ」

半ば引きずられるようにして、地下施設の奥へと進んでいく。

そして、ちょうど天井にある青白い球体の真下へとたどり着いた。

「ミルフィ。例のものを」

「はいはいですよー」

ゆるい調子で応じたミルフィが、手前に置いてあった作業台の裏をゴソゴソと探った。

すると、彼女はそこからサッカーボール大くらいの透明な水晶玉を取り出してくる。

「それって……スーフォミ？」

「おおー、ご存知（ぞんじ）ですか。おっしゃる通りの術式投影具（スパイラル・フォーミュラ）です。でっすがー、今回重要なのはこのゲーム機本体でなく——」

「内蔵されてる術式……つまり、ゲームの内容よ」

言葉を継いだレイが、身を乗り出すように爽太へ接近する。

「用件を単刀直入に言うわ、ソータ。うちのゲームで遊んでみて」

その言葉に、爽太は目を大きく見開いた。

「い、いきなりなんだ？」

「つまりですねー。レイさまは、異世界のゲーム知識を持っているらしいというあなたに、絶賛稼働中であるうちの商品の感想を聞かせてもらいたいと思ってるんですよー」

「は？　イセカイノゲームチシキ……？」

なんの話だ？

困惑している間も、レイとミルフィの視線が集まってくる。

「いいから。やりなさいよ」

「……なんでだよ？」

「それは――あ、あたしのほうで見極めたいことがあるのっ」

レイは躍起になるように顔を赤くして、さらに言い寄ってくる。

「あたしだって、いつも【アミューリア】のゲームで遊んでやってるんだから！　その借りくらい返してくれるわよねッ？」

言われて、爽太は苦い顔をした。

……先日の格ゲー事件を思い出す。あのときにかけた迷惑を考慮すると、確かに借りがあると言えなくもない。もちろん、元凶は爽太自身でなく、他のスタッフたちなのだが。

「責任、取ってくれるわよねッ？　あたしにやらせるだけやらせておいて逃げる気⁉」

「ぶッ⁉　お、おい！　誤解を生むようなことを叫ぶなよ！」

レイの喚き声に、せっせと働いていた周囲の研究員たちが手を止めてこちらを見ていた。中には爽太に対してクズを見るような目で睨んでくる女性研究員なんかもいる。

……いやいや、違うからね？

俺、女を食い物にするようなサイテー野郎ではないからね⁉

「うううぅぅ……っ！」

「わ、わかった！　やってやるから！　思わせぶりな涙目で睨むな！　みんなの視線がものっそい痛い！　精神的な意味でも社会的な意味でも俺、死んじゃう！」

訳がわからないうちに了承させられてしまった。

レイは「やった！」と小さく呟いて、嬉しそうにピョンと跳びはねる。……逐一が強引な奴ではあるが、そうやって無邪気に喜ばれると憎むに憎めない。くそう、納得いかん……。

「ミルフィッ？　準備はいいわね⁉」

「万全ですー。いつでもいけますよ」

興奮気味のレイに言われたミルフィは、手元のスーフォミをさっそく起動させた。

魔法陣が浮かび上がり、本体が激しく発光を始める。

さらに、それだけに留(とど)まらず。

「術式投影具(スパイラル・フォーミュラ)起動――。対象者二名……続けて無限界統合球(リンク・スフィア)にアクセス……シンクロ率60、70、80、90……」

天井の青白い球体までが強い光を放ち始めた。

スーフォミと共鳴するように、互いに輝きを増していく。

そのただならぬ光景に、爽太は急いでレイを見る。

「なにが起こってるんだッ？」

「すぐにわかるわ」

またそれかよ――と、ツッコミを入れる暇もなく。

爽太とレイの体を、スーフォミの光が包み込んだ。

○　●　○　●

――むせかえるような血の臭いが充満していた。

暁に染まる城跡。すでに何百年も前に放棄され、雨風にさらされた旧市街都市は、かつての繁栄が嘘とも思えるほどに荒廃しきっていた。

その無人と化した廃墟群に響き渡るのは――無数の剣戟。

崩れかけた城壁にはベッタリと多量の血痕がこびりつき、夕日の深紅と溶け込むようにしてヌラヌラと不気味な色彩を放つ。

血の臭いに惹かれ、上空ではカラスの群れが渦を巻くようにギャアギャアと喚いていた。

この場所に足を踏み入れた者に待つのは、もはや『死』しかない。

それでも人々はまるで麻薬に侵されたかのように、ひたすら闘争のみを望む。

剣で相手の肉を裂き、盾で骨を砕き、業火で血を焼いて。

さらなる闘争を求めて。さらなる死地を求めて。

この争いに……決して終わりはない。


「「「【アイスエッジ】――――ッ!!」」」

「ぬおおおおおおおおおおおおおおおおっ⁉」


空気さえも凍てつかせながら、折り重なる氷の刃が宙を舞う。

ローブを纏った三人の男が放ったそれを、爽太は飛び込むように身を低くすることでギリギリ躱した。鋭利な氷刃が頭上を擦過し、肝が冷える。

だが、安心できたのも束の間。

避けられたと見るや否や、男たちは次の呪文詠唱へと入る。

「くそ！　多勢に無勢かよ！」

爽太は舌打ちを漏らしながら、自分の手に握られている鉄製のブロードソードを見た。

……現在の近接武器では、この距離からの詠唱妨害は不可能。着込んでいる鎧も物理防御を重視したプレートアーマーである都合上、魔法防御面は非常に厳しい。

単刀直入に言って大ピンチだ。

「「「【フレイムアゾート】―――ッ!!」」」

考えているうちに、敵の詠唱が完了した。

三人がかりによる合成魔法。一つ一つはただの火の球に過ぎないそれは、空中で混ぜ合わさり、炎で形作られた巨大な大蛇となった。

炎の大蛇は全身をくねらせ、大気を焼き払いながら爽太に跳びかかってくる。

「うわあああああああっ!?」

なす術もなく爽太が叫んだ、その刹那。

「――今よっ！」

周囲にたたずむ廃墟群から、凛とした少女の声が響いた。

同時に、爽太と男たちの足元に広大な魔法陣が浮かび上がる。

魔法陣の光に曝された炎の大蛇は、苦しげなうめき声を上げて急激に勢いを失った。

そしてシュボッと。小さな破裂音を残して、その場から完全に消失してしまう。

いきなりの事態に、魔法を放ったはずの男たちは激しく狼狽した。

「バカな！　妨害魔法陣だと!?」

「我々は誘い込まれたというのかッ？」

「――魔法が無力化されたわ！　一気にかかりなさい！」

『うおおおおおおおおおおおおおおおおッ!!』

間髪を入れずに、廃墟群から無数の人影が飛び出してくる。

鎧を纏った銀色騎士の軍勢だ。彼らはあっという間に三人の魔術師を取り囲むと、呪文詠唱の暇さえ与えず一斉に斬りかかる。

魔術師たちが切り伏せられる瞬間、爽太は咄嗟に顔を背けた。

ザシュッと生々しい音がして、多量の鮮血が飛ぶ。

壮絶な断末魔を上げて、魔術師たちが絶命した。

地面へ倒れ伏す彼らの無残な死体は……すぐに粒子状になって、空気中へ散る。

「第六区画制圧完了！　残りは第二と第四だけだ！」

「おっしゃ！　よくやったぞ、ソータ！」

「――報告！　第一区画が、敵勢の奇襲により陥落しました！」

「なにッ!?　すぐに奪還用の隊を編成せねば……ッ！」

「しかし、そうなると制圧した他区画の防衛が――」

切羽詰まった様子で、早口に言葉を交わす銀色騎士たち。

地面にへたり込みながら、爽太がぼんやりとその会話内容を聞いていると……ふと、こちらに騎士の一人が近づいてきた。

「ほら、いつまでも座ってないで！　次の作戦があるわよ！」

「……あ、ああ」

叱咤（しった）しながらも手を差し伸べてきたのは、背に長大なクレイモアを担いだ赤髪の少女。

纏った銀色の鎧は他の騎士たちよりもかなり軽量化がなされており、肌の露出も多い。

組み込まれた魔法障壁により魔法防御面と機動力を確保したタイプの鎧であるそうだが、その可憐（かれん）な出（い）で立（た）ちは何度見ても、この血なまぐさい戦場には不釣り合いに感じた。

「レイ、ソータ！　次の作戦が決まった！　お前たちは第一の奪還に加わってくれ！」

そのとき、立ち会議を行っていた騎士の男がこちらへ叫びかけてきた。

レイはすぐさま「了解したわ！」と返す。爽太も慌てて返事をしようとしたが、バタバタと駆けてきた騎士の一人に脇を強めに小突かれて「うっ」と言葉を詰まらせた。

「モタモタするな小僧！　その鈍さが我が軍の敗北に繋がるのだぞ⁉」

吐き捨てるように怒鳴り散らして、騎士は仲間たちと共に第一区画がある方面へと全速力で駆けて行く。

爽太は小突かれた脇腹をさすりつつ、半眼でその背中を睨む。

「……どんだけ必死なんだよ」

思わず、ひとりごちる。

初めこそああやって怒鳴られるたびに凹んでいた爽太だったが……もう十度目になると、いい加減に慣れてきた。気にするのもバカバカしい。

「ソータ、あたしたちも行くわよ？」

「……はいはい」

不満を抱きつつも、爽太はレイに続く形で第一区画へと走り出した。

体にズシリとくる鎧の重みもそろそろ辛い。こんな慣れない重装備で小一時間を走り回らされているのだから、インドアタイプの自分にしてはよくやっているほうだと思う。

もっとも――ゲーム内の仮想世界なので、実際の体力はほぼ関係ないが。

「……まさか異世界に来てまでネトゲもどきをやるハメになるとは思ってなかったぞ」

走りながらボソリと漏らす爽太に、先行するレイが横目で振り返った。

「リンク・スフィア。複数のスーフォミを母体となるマジックアイテムに接続して、術式を共有することで、ゲーム内容を相互するシステムよ。まだ実験段階だけど……あんたの元の世界にも同じようなものがあったの？」

「仮想空間なんて滅茶苦茶（めちゃくちゃ）なもんじゃないけどな。普通のモニター使って、世界中の人間が一緒にゲームできるようなシステムはあった」

「世界中……すごいわね。あんたの元の世界がどれほどの広さなのかはわからないけど、今の私たちの技術じゃせいぜいこの街一つを共有範囲にするのが精いっぱい。興味深いわ」

爽太たちが今プレイしているのは、大手商会【ルルカンド】のゲーム。

複数のプレイヤーが二つの軍に分かれて争う、拠点制圧ゲームのようなものだった。

原理は異なるみたいだが、地下施設にあったあの青い球体がサーバーに近い役割を果たし、こういった技術を可能にしているらしい。

「それで？　あんたの世界のゲームと比べて、内容はどう？」

「え？」

そのとき、こちらを見つめるレイが神妙な面持ちで訊（たず）ねてきた。

その声はどこか緊張しているようにも聞こえる。

「内容？　元の世界のゲームと比べてってことか？」

「そうよ。思ったこと、感じたこと、なんでもいいから」

……そんなこと、急に言われても。

迷う爽太に、レイは黙ったまま返事を待ち続けていた。

爽太は仕方なく、周囲の景色を見回してみる。

左右に流れて行く荒廃した街の情景、そこからくるフィールドの臨場感、そして王道たるゲームシステムと各種の作り込み……。

地球にあったゲームと比べても、なんら遜色はない。

むしろ、この世界にもこんなまともなゲームがあったのかと驚かされたくらいだ。

「まあ……普通にすごいと思うよ。繰り返しになるけど、仮想空間なんて技術は俺の世界にはなかったし。内容的な作りもしっかりしている。ただ少し――」

あえて難点を挙げるとするなら。

「普通？　すぎるかな……と。こういう内容のゲームは元いた世界にもたくさんあったけど、それだけに単純明快なシステムだとすぐに飽きられるからな。それに比べると独自性とかが若干足りてない感じも……」

ペラペラと喋っていた爽太は、そこでハッとする。

レイが目を剥いてこちらを凝視していた。

……しまった。ついゲーマーだった頃の悪い癖が。

ことゲームに関して、ゲーマーという生物は口うるさい。時にそのゲームに対する不満点や問題点、逆に今後の成長や調整への期待などを込めて、色々と語りたがる。

足を洗ったつもりとはいえ、現代ゲームに目の肥えた爽太も例外ではなかった。

レイは怒っただろうか？　素人目で好き勝手にそんなことを言われて。

彼女の顔色を窺(うかが)うように、爽太がビクビクとしていると……。

「………っ」

なぜか、急激に彼女の目がキラキラと輝き始めた。

「単純で飽きられる……そう、そうよねっ！」

弾むように言って、レイは深く頷(うなず)いた。

そして急ブレーキを踏んだかと思うと、爽太と向かい合うように振り返る。

「のわっ⁉　い、いきなり立ち止まるなよ⁉　あぶねえな！」

「ねえ！　そんな単純さを払拭(ふっしょく)する案、なにかある⁉　あんたが知ってる異世界の知識でいいから！」

「はぁっ⁉」

急にどうしたというのか。

なにからなにまで、この少女は唐突すぎる。

爽太は目を白黒させながらレイを眺め――そしてハッとした。

彼女の背後にある光景に、戦慄が走る。

「レイ、伏せろ！」

「へ？　──きゃあっ⁉」

体当たりをする形で、咄嗟にレイを突き飛ばす。

瞬間──強烈な閃光が迸った。

周囲の廃墟群の陰から無数の火の玉が降り注ぎ、一瞬にして一帯を紅蓮の海に染め上げる。爽太はレイを巻き込むようにゴロゴロと激しく地面を転がり、近くにあった廃墟の陰へと潜り込んだ。

「「「ぎゃああああああああああッ‼」」」

爽太たちより先行していた騎士たち──先ほど怒鳴りつけてきた男とその仲間が、逃げ遅れて火炎に呑まれた。ここまで伝わってくる肌を焦がす熱、そして彼らの苦痛に悶える声に、爽太は思わず顔をしかめる。

「──チィッ！　二匹だけ建物の陰に逃げたぞ！」

続けて、廃墟群の陰から男の叫び声が飛ぶ。

すると、今まで何事もなかった景色からゾロゾロと大勢の人間が姿を現した。

……数にして、ザッと二十。

壁に背中をつけるようにしながら、爽太はグッと奥歯を噛む。

「待ち伏せか……！」

「うそ⁉　どうしてあんな数が集まってるの⁉」

レイの驚く声を耳にしながら、爽太は頬を冷たい汗が伝うのを感じた。

分隊レベルの人数じゃない。おそらく敵軍の最大戦力、中核となる本隊だ。

戦況は味方側に圧倒的な有利だった。敵としてはこの上なく追い詰められた状況。だからこそ彼らは……守りを捨て、一気に攻勢に出たのだ。

すべての区画の制圧を狙うこちらとしては、戦力を分散してしまっている。そこにありったけの戦力で畳みかけ、遊撃隊として潰して回っているのだろう。

「くそッ、多勢に無勢じゃねえか！　レイ、どうするッ？」

爽太は急いで隣のレイを見た。

レイは爽太と同じように壁を背にして、目を伏せている。彼女は気持ちを落ち着かせるように数回深呼吸をしたあと、ゆっくりと瞼を押し上げた。

「……ここで退くわけにはいかないわ。これ以上の進攻を許せば、さらに味方側への被害が広がる。最悪、うちのチームの敗北よ」

「だったら、どうするんだよ？　俺たちだけで突っ込んでも返り討ちにされるだけだぞッ？」

「あたしが囮役になる。できるだけ敵の注意を引いておくから、その隙にあんたは第六区画へと退避して。そこで控えているうちの本隊に、今の状況を伝えるの」

「なッ……!?」

レイは腰元に手をかけ、そこに携えられている剣を抜いた。

針のように細身の剣。レイピアだ。

「無茶だ！　あの数だぞ!?」

「無茶でもやらなきゃ負ける。そうでしょ？」

「なんで……たかだかゲームごときに！　そうでしょ？」

ここは魔法で作られた仮想空間。敵にやられて死んだところで、実際に命が失われるわけじゃない。そのまま現実に戻されるだけだ。

しかし……疑似とはいえ、多少の痛みや恐怖は伴うはずだった。

ただの遊びに、そこまでして体を張る意味がわからない。

訴える爽太に、レイはフッと笑いかけてくる。

「バカね。だからこそ面白いんじゃない」

「……は？」

「しょせんは仮想で、しょせんはゲーム。でも……敵もあたしも、本気。自分のすべてをつぎ込んで全力で挑む。だから面白い」

爽太は目を大きくする。

レイは立ち上がった。手で髪を払う仕草をして、こちらを真っ直ぐに見つめてくる。

「あんたは――違うの？」

「…………」

そう問いかけられて、爽太はうまく答えられなかった。

もちろん、事実としては言うまでもない。ゲームなんてただの遊びだ。

遊び……なんだが。

……俺は——。

「——っ！　来るわよ！」

そのとき。

レイの一喝と共に、周囲の空気が変わった。

こちらが中々出てこないことに痺れを切らしたのか、敵の魔術師たちが魔法陣を展開させる。こちらが隠れている廃墟へ向けて無数の火の玉が放たれ、派手に炎上した。

それを合図に、近接職で固められた敵の前衛部隊も一斉に動き出す。

「頼んだわよ、ソータ！」

「おいっ!?　レイ！」

短く告げて、レイは廃墟の陰から飛び出して行った。

敵の後衛部隊が放つ魔法を掻い潜り、肉迫してくる前衛部隊と衝突する。取り囲まれながらも彼女は華麗な身のこなしで斬撃を躱し、次々と相手を切り伏せていた。

「あいつ、いくらなんでも無茶しすぎだろ……！」

どうする？

爽太は高速で自分が取るべき行動を思案した。

一番賢い選択は、レイの指示に従い、味方側本隊に戻って状況を報告することなんだろう。たぶん、それが最も楽。どうせ遊びなのだし、適当に済ませて後は味方に任せればいい。

だが……。

「――くぅ！」

直後、敵の一撃がレイの脇腹を掠めた。

攻撃を躱し損ねた彼女の体勢が、大きく崩れる。元々が機動力を重視した軽装であるため、一撃だけでも文字通りの致命傷だった。

膝をついたレイに、敵の一人が容赦なく剣を振りかざす。

「………ッ!!」

ほぼ同時。

まともに考える前に、爽太は駆けだしていた。

レイを取り囲んでいる敵の包囲網へと肉迫。進路方向にいた邪魔な敵を、ブロードソードで薙ぎ払う。レイに気を取られていたそいつは、簡単に倒すことができた。

「うおおおおおおおッ!!」

「ッ!?　な、なんだ！」

不意に仲間がやられて敵部隊の何人かが怯む中、爽太は滑り込むようにして包囲網内部へと割り込んだ。

そのまま膝をつくレイの前へ飛び出す。

彼女の頭上に振り下ろされた剣を、間一髪のところではっしと受け止めた。

レイと、レイに斬りかかろうとしていた敵が、驚いたように目を剥く。

「ぬぅ!?　こいつ……！」

「ソータ!?　どうして!?」

「驚いてる暇があるなら、さっさと立ち上がれ！」

渾身の力で敵の剣を弾き返し、爽太は素早くレイを助け起こした。

敵部隊が警戒するように身を固める中、爽太とレイは背中合わせで武器を構える。

……咄嗟に助けに入ってはみたが、相変わらずの多勢に無勢。

無茶な状況は何一つとして好転していない。

ただ、レイが敢行していたその無茶に、自分も不用意に飛び込んだだけという話だ。

「……なによ、『たかだかゲームごとき』じゃなかったの？」

「……うっせ。ほっとけよ」

呆れたように言うレイに、爽太は仏頂面でぶっきらぼうに返す。

……自分でもバカな選択をしてしまったと思う。

だがまあ、一度やってしまったことを嘆いても今さらだ。

「はぁ……。あんたのせいで、作戦台無しじゃない」

「元々、作戦ってほど大したもんじゃなかっただろ。お前一人じゃ囮役としても不十分だし、俺もすぐに追いつかれて本隊へ報告なんてできなかったよ。どのみち」

「む……。あたしが役立たずって言いたいわけ？」

「一人よりも二人のほうがまだマシかもな……って話だ」

追い詰められた状況。絶体絶命のピンチ。

だが……爽太もレイも、自然と口元に薄い笑みを浮かべていた。

……いつ以来だろうか？　この、妙に高揚した感覚は。

爽太としては長らく味わっていない、久々の感覚だった。

圧倒的に不利なゲーム、全力でこちらを獲りにくる敵プレイヤー、それらを掻い潜り、たった一つの勝利を掴むため……脳内で立ち回りを構築する。

日本でゲーマーの端くれをやっていた頃は、遊びとして何度もやったことだ。

そして、その瞬間こそを――最も『面白い』と感じていた。

そう、しょせんこれもゲーム。ただの遊び。

どうせ遊びならば――。

「思いっきりやったほうが、楽しいだろ？」

脈絡なく漏らした爽太に、しかしレイは、すぐに意味を理解したみたいに頷いた。

「あたしより先にやられないでよね、ソータ！」

「そのセリフ、そっくりそのまま返してやる！」

互いに互いをそう激励して。

爽太とレイは、互いに強く地面を蹴った。

○　●　○　●

「……はぁ……はぁ……」

「……ぜぃ……ぜぃ……」

熱した頭が、少しだけ冷め始めたとき。

爽太は地べたに大の字で寝転がり、濁った曇天を見上げていた。

すぐ隣には、同じように息を切らせて倒れているレイの姿もある。

……戦場に絶え間なく鳴り響いていた剣戟の音は、もう聞こえてこない。

代わりに、見上げた曇天にはホログラムのウインドのようなものが浮かび上がっていて、互いのチームのスコアボードを表示していた。……結果から言えば、爽太たちのチーム側の圧勝。最後に出くわした大部隊も、本当に敵の全残存勢力であったらしい。

「……ったく。こんな無茶は二度と勘弁だぞ」

「……っさいわね。好きで付き合ったのはあんたでしょ」

不機嫌に呟いた爽太に、隣のレイもやはり不機嫌に返してくる。

……あのあと。しばらくして味方の増援が駆けつけてくれたおかげで、ゲームセットまでなんとか生き残ることができた。もっとも、レイの卓越した技術と立ち回りがなければ、とっくにやられていただろうが。自分に関しては……まぐれを総動員させた感じだ。

そんな激戦に対する高揚も、すでに過ぎ去り。

残ったのは精神的な疲労と、それに伴うゲーム内での肉体の倦怠感だけ。

無駄に疲れた。それに尽きる。

なのに……なぜか、あまり悪い気分ではなかった。

感覚としては、スポーツで「いい汗流した」みたいなのに近いだろうか。まともにスポーツに取り組んだことがないから、正直わからないけど。だが、昔から全力でゲームに取り組んだあとは、この不思議な満足感に満たされていた気がする。

「……それで。どうよ?」

ふと、レイがそう訊ねてきた。

彼女も疲れているせいか、口調が少しぞんざいになっていた。ポジティブに捉えるなら、こちらに慣れてきた……のかもしれない。

「なにがだよ」

「うちのゲームの感想。改めて通しでやって、どうよ？」

「…………」

爽太は乱れた呼吸を整えつつ、上半身を起こす。

ゲームの感想……。さっきも言った通り、このゲームは普通に出来がいいと再認識した。

不安点とか、ツッコミどころとか、ほとんどない。

だけど、今はそういう細かいこと以上に――。

不本意ながら。大変に遺憾ながら。

「………………………楽しかったよ」

純粋に、そう思った。

ゲームなんてくだらないと嘯きつつも、そう思ってしまった自分がいた。

もちろん、生産性なんてないとは未だに思っている。なにかが得られたのかと問われれば、ハッキリと答えることはできない。

それでも、全力で戦って楽しかった。

全力でゲームに取り組んで、楽しかったのだ。

「まあ。たまには……こんなのも悪くないかもな」

「ふーん？『たまには』で、いいの？」

「…………へ？」

妙に挑戦的な口調で問いかけてくるレイに、爽太は首をひねる。

レイは上半身を起こし、少しジト目になる。

「だから。あんたは『たまには』で、満足なの？」

「……なにを――」

「なにもない日常に戻って。普通に暮らして、平坦に生きて。そんな生活であんたは満足？　そんなものを、あんたは今日みたいに楽しいと言いきれるの？」

「――ッ」

「あれを見なさい」

レイは軽く顎をしゃくってみせる。

思わず言葉を詰まらせていた爽太は、彼女が示した方角にそれとなく視線を向けた。

「……あれは？」

そこには、自分たち以外のプレイヤーの姿があった。

ゲームセットになるまでフィールドで生き残ったプレイヤーたちだ。互いに肩を抱いて勝利を喜び合う者たち、逆に敗北を悔しがり臍を噛む者たちの姿が、あちこちで散見される。

「あいつらが、なんだってんだよ？」

「ん。……あっちの厳ついのは元軍人。そいつと肩を組んでるのが近所のパン屋の店主で、そこから少し離れた場所で悔しげに顔をしかめているのはこの街で最も強い力を持つ貴族の息子よ。詳しいことは面倒くさいから省くけど。それであっちは――」

レイは次々にプレイヤーたちを指さし、口頭で軽く素性を説明してくれる。

爽太は呆然としてしまった。説明された彼らが、あまりにバリエーションに富んだ経歴を持っていたから。中には絶対に相容れないような職業同士や、日常では交わりようもない者同士みたいな組み合わせもあって、そいつらが一緒くたになって喜んだり悔しがっている様子は、ある意味で異常と言えた。

「すごいでしょ？　全員が全員、うちの顧客で常連よ。こんな光景、他じゃ絶対に拝めないんだから」

レイは腕を組んで自慢げに「ふふん」と鼻を鳴らしてみせる。

「亜人種との戦争が終結して、ゲームが作られるようになり十数年。そのたった十数年で、ゲームは恐るべき速度で世間に普及した。年齢問わず、経歴問わずで、誰もが夢中になれるものよ。それがどれだけすごいことか、あんたになら理解できるでしょ？」

「…………」

「一つの戦争が終わるのに、下手をすれば何十年だってかかるわ。ゲームはそれと同等、もしくはそれ以上のスピードで、人々の心に浸透していくことができる。いえ、これからもっと発展して、もっともっと人々を魅了するに違いないはずよ」

レイがこちらに向き直る。

その目は、純粋な喜びと興奮でキラキラと輝いていた。

「わかる？　ゲームは国ぐるみの物騒な戦争さえも、簡単に超えられるすごいものなの。ゲームはきっと、これから世界をよりよい方向へ導ける！　ゲームで世界を救うことだって、夢じゃないわ！」

「お、おい。ちょっと待て。いきなりなんなんだよ？」

「あんたにも、そんな可能性の力が備わってるってことよ」

言われて、爽太（そうた）は目を丸くした。

レイは深く頷（うなず）いてみせる。

「今日のことで、あたしはあんたのことをしっかりと見定めさせてもらった。あんたには他にはない才能がある。世界を変えられる力を持っている！」

「はいぃッ？」

熱っぽい瞳をしながらビシッと指先を突きつけてくるレイに、爽太は堪らず素っ頓狂な声を上げる。

どういうことだ。話が飛躍しすぎて訳がわからん。

レイはそんな爽太に構わず、興奮冷めやらぬ様子で立ち上がった。

「ゲームで世界を救う、なんて笑われるかもしれないけどさ。あたしは本気よ？　あたしはいつか、この世界の人間全員をゲームの虜にしてみせる。そのくらい、あたし自身がゲームが大好きだから」

レイはクッと表情を引き締め、

「でも……最近は少し停滞気味だった。アイディアに詰まって、思うようにいかなくて。……そんなとき、あんたと出会ったの。あたしの知らない知識で、あたしが知らないことを平然とやってのけるあんた。聞いたこともないような別世界のゲームの知識を、たくさん持ってるあんた。そしてなにより、あんたはゲームを全力で楽しめる才能を持ってる。そんなあんたとなら……パ、パートナーとして、もっと素晴らしいゲームを作っていけるんじゃないかって」

少し恥ずかしそうに口ごもりながら、レイは横目で爽太を見やる。

……それが、突発的に誘拐まがいのことをした理由？

心底呆れた。どんだけ後先を考えていないのだと。

しかし……彼女の瞳に宿る熱意は本物だと、一目瞭然でわかって。

アホらしいと一笑に付す気には、どうしてもなれなかった。

「と、とにかく！　あたしにはあんたの力が必要だと思ったの！」

頬に差した赤みを振り払うようにブンブンと首を振り、レイは改めて爽太を見つめた。

「ソータ！　あたしと一緒に、世界をよりよい方向へ変える手伝いをして！」


ドクンッと。

胸の奥で、なにかが脈を打った。

『──ゲームは遊びじゃねえ！』

『──すごいです、ソータさんっ！』

『──なにもない日常に戻って。普通に暮らして、平坦に生きて。そんな生活であんたは満足？　そんなものを、あんたは今日みたいに楽しいと言いきれるの？』

様々な記憶が脳内に巡る。

……ゲームで、世界を、変える？

本当にできるのか、そんなこと？

この俺に？

爽太が迷っていた、そのとき。

「──いいじゃねえか。やれよ、ソータ」

唐突に、そんな声が真横から飛んできた。

爽太とレイは、驚いて振り向く。

……いつの間にか周囲に大勢の人間が集まっていた。

鎧騎士の恰好をした男、魔術師の恰好をした男、その他色々と……。味方チームとして一緒に戦っていた者もいれば、敵チームとして剣を交えた者もいる。

「あ、あんたたち……⁉」

「ひゅ〜。熱いね、お二人さん！」

「ははは。若いっていいなー」

「ちがッ⁉ べ、べつにあたしは、そういう意味でソータを誘ったんじゃ────！」

「冗談だ。オレたちもお前の店の常連だからな」

男たちは茶化すように言いながらも、ニッと笑ってみせる。

「細かい事情はよくわからないが。オレたちは、今よりもっと面白いゲームで遊びたい。楽しみたいんだ。もしお前たちがコンビを組んでそれを叶えてくれるってなら、オレたちもそれを全力で応援するよ」

「作るのもいいけど、たまには一緒に遊ぼうぜ！　今度は絶対に負けねえ！」

「お前のやりたいようにやれ、ソータ。自由気ままに全力で楽しむ。それがゲーマーってもんだろ？」

彼らは愉快に笑い、一様に頷く。

爽太は周囲を見回し……やれやれと肩を竦めた。

ゲームで遊ぶ者、ゲームを作る者。

ここには、それらに真摯に向き合う者たちが大勢いる。

「……ソータ？」

っと、レイがおずおずと声をかけてきた。

「む、無理にとは言わないわ。でも、あんたに少しでもその気があるなら……今から三日後、商会の重役が集まる会議があるの。一度でいいから覗きに来てみてよ。……あたし、待ってるから」

爽太はレイを見上げる。

……とたん、口元から笑みが漏れた。

レイは少しハッとしたあと、やがてこちらに釣られるようにして破顔する。

スッと。彼女が手を差し伸べてきた。

爽太も頷き、ゆっくりと手を伸ばしていく。

互いの手が——固く握り合わされた。

Date.6　異世界ゲーマーはコンティニューできない

「――って！　なんで来ないのよおおおおおおおおおおおおおおおおおおおおおおおおおおおおおおおおおおおおおっ!!!」


ルルカンド商会であった一件から、だいたい三日後くらいのこと。

いつも通りに客の来ない寂れた店先に、鬼の形相をしたレイがいきなり乗り込んできた。

「うおおっ!?　な、なんだレイか……。客かと思って心臓が止まるかと思った」

「どんな安心の仕方よ!?　……って、そうじゃなくて！　あんた、何してんの!?」

「え？　何って――」

言われて、ソータは自分の手元を見る。

握っているのは、使い古された感じのクラシックコントローラー。

カウンター上のモニターは稼働しており、画面には低画質、低クオリティを極めたような、お粗末なＲＰＧが映し出されている。

「ゲームですけど、なにか？」

「なにか？　じゃないわよ!?　三日後に会議があるって言っておいたでしょ！」

「え？　……あ、ああ……」

そういえば。

そんな内容のことを、言われたような気も……？

「うちの重役一同、もれなく全員がポカーン……だったわよ！　あんたが来るものだとばっかり思って、小一時間以上も揃ってマヌケ面さらしながらポカーン……だったわよっ!!」

「そ、そんなこと言われてもな……」

「いい感じの空気だったじゃない！　これからあたしたち、一緒にやっていこう……的なッ？　ここから始まる壮大な物語的な!?　それなのにあんたは〜〜〜〜〜〜〜〜〜ッ」

「ぐええッ!?　ちょ、絞まる絞まる！　首はやめて！　普通に人体の急所だから！」

「それがッ、全スルーでッ、悠々自適に自宅ゲームってッ!!」

レイは怒り心頭の様子で、こちらの首を絞めながらガクガクと前後に揺さぶってくる。

いかん、これはいかん。

このままでは本気で死んでしまいます。

「わ、わかったから！　落ち着け！」

なんとかレイを宥めつつ、爽太はゼィゼィと息を吐いた。

「お、俺は……会議に参加するとは一言も言ってないぞ……？」

「はぁ!? だ、だってあんた、あのときにあたしの手を握り返してくれて、ありがとな？」

「？ ……ああうん。あのときは立ち上がるのに手を貸して――」

「まさかの普通に握り返しただけ!?」

「なんか勘違いさせちまったみたいで悪いけど……。俺は初めから、お前の誘いを受ける気はなかったよ」

ハッキリと言った爽太に、レイは息を詰まらせたみたいな顔をした。

「ど、どうして……？」

爽太は浅い息を吐き、彼女を真っ直ぐに見る。

「お前も、少し冷静になって考えてみろよ」

「……れ、冷静に？」

「ああ」

爽太は真剣な顔になり、深く頷いてみせた。

「平凡でしかない俺を、迷わずに『必要だ』と言ってくれる美少女。現実では当たり前でしかなかった知識で、この世界を救えるかもしれないという可能性。……こんなファンタジーとしか思えないシチュエーション、現実で起こるわけがない。たぶんこれは――神が俺に対して仕掛けた、盛大な罠だ」

「なにその超次元的にザ・疑心暗鬼な発想!?」

「大体な。お前は俺のことを過大評価しすぎなんだよ」

　衝撃を受けるレイに、爽太（そうた）は困ったように眉根を寄せる。

「正直、ゲームで世界を変える……とか話の規模がデカすぎて実感わかねえし。いきなりそんなこと言われても、具体的にどうすればいいかわからないし。仮にお前の言うことが本当で、俺に何かしらの可能性が秘められていたとしても……そんな高尚（こうしょう）な目的に迷わず身を投じられるほど、覚悟も度胸もないっつーか」

「…………ッ」

「それに、俺が持ってるのはあくまで素人知識だぞ？　この国の未来を背負うとか、絶対に無理無理。そもそも俺は普通に暮らしたいんだよ」

　手をパタパタと振って告げる爽太に、レイは信じられないものを見るような目をした。

　……自分は、何かおかしなことを言っただろうか？

　よくわからない。

「まっ、そういうわけだからさ。この話はここまでってことで。せっかく来たんだし、ゆっくりしていけよ。なんなら一緒にゲームでもやるか？」

　なにはともあれ、これ以上、その小難しい話題を続ける気は起きなかった。

　放心状態のレイに肩を竦（すく）めて、爽太はゴソゴソとカウンター裏を漁（あさ）る。

「店番の暇つぶしに、棚のやつを色々といじっててさ。基本的にはお前が怒りそうな内容ばっかだけど、中には少しだけまともなやつも……ああ、これなんか一緒に対戦できるぞ？」

カウンター上に次々とゲームを並べていく爽太に、レイは我を取り戻したようにハッと息をついた。

……とたん、その肩がわなわなと震え始める。

「あ、あんたは。それでいいの？」

「ん？　いいって……何が？」

「こんな店で、意味もなくダラダラと過ごすこと！　それよりも、自分が持ってる知識を世界のために活かすべきじゃない！　そうでしょ!?」

身を乗り出して必死に言うレイに、爽太は目を大きくした。

「いやいや。だから、俺は普通でいいんだって」

「なァッ!?」

「そんなことより、どれにするよ？　お前が好きなの選んでいいぞ」

「そ、そそそそそんなことって……!?」

レイは驚愕の表情をする。

……本当に、こいつは一体どうしたんだ？

訳がわからず、ソータが首を捻っていると。

「――あーっはっはっは！　いい気味ねぇ、レイ！」

「――むふふふ。あの空回り具合が、気分爽快」


……店の裏手に繋がる勝手口のほうから、なにやら悪意に満ちた笑い声が響いてきた。

爽太が半眼を向けると……やはり予想通りと言うか。

顔なじみの二人が、意地の悪い笑みをニヤニヤと浮かべて仁王立ちしていた。

「……お前ら、何の用だ」

「くくく……何の用ですって？　答えなんて決まってるじゃない。自分が正しいと信じて疑わない高飛車女を、鼻で笑いにきてやったのよ！」

「むい。レイ、ソータを見誤った。ソータはそんなに簡単に攻略できる要塞じゃない」

「はぁッ？　な、なんなのよ、あんたたち……!?」

混乱したように目を白黒させるレイに、ティアとフィーはやれやれと小馬鹿にしたように首を振ってみせる。

「いいかしら、レイ？　その男はね……並レベルのヘンタイじゃないのよ。とりあえず通常の少年少女が胸をときめかせるであろう王道シチュエーションには片っ端からアレルギー反応を引き起こし、所構わずゲロゲロやったり白目を剥いたりするんだから」

「……おい。ヘンタイってなんだ、ヘンタイって。俺はごく普通の人間だ」

「ソータを倒すのには、生半可なエサじゃ無理……。でも、今日は一味違う。フィーたちも、それ相応の最終兵器を用意してきた」

「倒すってなに？　俺はモンスターかなんかなの？」

爽太のツッコミをガン無視で、ティアとフィーは「「ふふふ……」」とドヤ顔しながら不敵な笑みを浮かべている。……なんか無性にムカつくんだが。

「さあ、時は来たわ！　今こそ偏屈要塞カナギくんを打倒するため——現れなさい、最終兵器ヒロイン、アリス!!」

パンパンと手を打って意味不明なことを叫んだティアは、背後にある勝手口を勢いよく振り返った。

とたん、ギギギ……と。

物々しい音を立てて勝手口が開き、その奥から何者かが姿を現す。

そして——。

「……ソ、ソータさんのことなんか全然好きじゃないんだからねっ」

「「………」」

瞬間。

爽太とレイの目から……一瞬で生気が失われた。

扉の向こうから現れたのは、なぜかセーラー服のようなものを着たアリス。

仁王立ちで腕を組み、彼女らしくない仕草でぷいっとそっぽを向いてみせる。

「わ、わたしに内緒でレイちゃんとコソコソやってるソータさんのことなんか、もう知らないんだからねっ。……ですっ。勝手にしたらいいわっ。……ですっ」

「「………」」

「……あ、あれ？　ティ、ティアさん!?　なんだかソータさんとレイちゃんが真っ白に固まったまま動かなくなっちゃったんですけど!?　本当にこれでいいんですか!?」

「………あ、うん。ごめん、アリス……やっぱりあなたにツンデレ設定は少し無理があったみたいだわ……」

「………むい。ツンデレにはツンデレを作戦、失敗……」

「なんで二人ともすでに敗北ムードなんですか!?」

「お、お前ら……！　裏でなんかやってるなと思ったら、なんなんだこれは!?」

爽太が耐え兼ねたように激しいツッコミを入れる。

アリスは涙目で「ひぃ!?　すみません！」と謝っていた。その様子はいつも通りの彼女で、ツンデレの欠片もない。ティアとフィーはわざとらしく口笛を吹いてしらばっくれている。


くだらない光景。いつもの【アミューリア】の風景。

そんな中……空気的に置き去りにされたレイは一人、ふるふると肩を震わせていた。

「――なるほどね。よくわかったわ」

「「「……へ？」」」

ポツリと呟いた彼女に、騒いでいた爽太たちが押し黙る。

直後、レイの目がクワッと見開かれた。

「あんたはそんなに、巨乳のエルフ嫁が欲しいわけ⁉」


「はあああああぁッ⁉」

「そう！　結局、あんたの目的は最初からそれだったのね！　じゃなきゃ、そんな意味不明な理由であたしの誘いを無下にするわけないもん！　あたしと一緒にゲームを作るより、あんたはアリスみたいな可愛いエルフ嫁とイチャイチャすることを選ぶんだ！」

「ちょ、ちょっと待て！　お前、なに言って――⁉」

「そりゃあ、あたしはアリスと比べて胸は小さいけど！　ど、同年代の子と比べても、控えめかもしれないけども……！」

レイは瞳に涙を潤ませて、キッと顔を上げた。

「あぅ……ああああうううう……！　む、胸の大きさでヒロインを選ぶなんてサイテーよおおおおおおおおお――――っ!!」

ブワッと涙を流して。

レイは捨て台詞を吐きながら、ダダダダダッと駆けだして行ってしまった。

……確か、前にも同じようなことがあった気がする。

さらに広がってしまった不名誉すぎる誤解に、爽太は頬肉をヒクつかせてギクシャクと後ろを振り返った。

するど、視線を受けた三人娘が、一斉に自分たちの胸元をババッと隠す。

「おっぱい星人……」

「女の敵……」

「わ、わたしっ。これからいっぱい牛乳飲みますっ！」

「……もういい。もうツッコまんぞ」

言い返すのもバカバカしい。

爽太はガクリと項垂れて、大きく肩を落とした。

こちらの落胆を知ってか知らずか、ティアが場を取りなすように大きく手を打つ。

「さあさあ。今回も、見事にクレーマーを撃退ってことで。記念に『第二回　どうやってカナギくんをパシリに陥れるかゲーム大会』でも開催しましょ！」

「俺に対するダイレクトアタックすぎやしねえか、その大会名⁉」

「むい？　もしかしてソータ、また負けるの恐い？」

「なッ……⁉　こ、恐くねえよ！　今度こそ返り討ちにしてやるわ！」

「あっ。わたしも交ざっていいですか？」

「もちろんよっ♪　そうと決まれば、さっそく準備準備～」

ワイワイと騒ぎながら、ゲームの準備を始めるアリスたち。

その光景を眺めながら――爽太は小さなため息を漏らした。

……ここにあるのは、関わるのも面倒な妙な仲間たちと。

大量に積み上げられた、遊ぶに堪えないクソゲーの山々。

おそらくはこれらを捨ててレイと一緒に行ったほうが、色々な意味で充実した異世界ライフを送れたのだろう。しかし……。

――もし少しでも『楽しい』と思う気持ちがあるなら。それを大切にしてください。

いつかのサシャさんの言葉を思い出す。

結局自分は、異世界で英雄になるとか、救世主になりたかったわけじゃなく。

ただ普通に遊べる友達がいて、気兼ねなく遊べる居場所があって。

そんな異常で日常な生活こそを『楽しい』と感じている時点で……俺の異世界生活は必然的にクソゲー仕様にしかなりえないのだなと、心底自分で自分に呆れてしまった。

それに今は——。

「そうね。今回は趣向をこらしてチーム戦とかにしてみる？　私とフィー、カナギくんとアリスの組み合わせで」

「おい!?　なんで初めからペアが決まってんだ!?　お前ら、俺にアリスを押しつける気満々だろ！」

「ソ、ソータさん……やっぱりわたしなんか足手纏いで……」

「わあああああっ!?　な、泣くな、アリス！　そうじゃない、そうじゃないから！」

「むい。なら、ペアはこれで決定」

「ぐッ……!?　ああくそ、やってやるよ!?　今日こそ絶対に勝ぁつ!!」

とりあえず……身に迫った敗北パシリを回避するため。

なにがなんでも、こいつらに勝つ。

コントローラーを握りつつ、割とどうでもいい決意を胸に固める爽太だった。

あとがき

異世界でもラブコメがしたい！　どうも、小山タケルです。

このたびは本書をお手に取っていただき、まことにありがとうございます。はてさて今回の内容ですが、のっけから叫んだ通り、そんなこんなのお話になっておりまして……。

異世界だけど全力で女の子たちとイチャイチャしたい！

一緒にゲームで楽しく遊んで、愉快で幸せな気持ちになりたい！

そういう作者の想いがふんだんに詰まっております。

魔王を倒すみたいな壮大な使命は特になく、時には美少女たちとゲーム制作で盛り上がったり、ゲーム＝マジックアイテムなせいでちょっと危険なトラブルに巻き込まれたり……。繰り広げられるドタバタの中で、主人公たちが築いていく『異常なのに日常である楽しい日々』。そんな彼らの日常を共有するように楽しんでいただけたならば、作者としてとても嬉しい限りです。

そうそう、ゲームと言えば、僕個人は完全究極体なエンジョイ勢でありまして。

完璧なプレイを目指すより、顔見知りの友達と頭からっぽでギャーギャー騒ぎたい派。

育成ゲームなら変態型を育てて相手をあっと驚かせたり、カードゲームなら召喚の難しいエースをいかに活躍させるかを念頭にデッキ構築を目指したり、ボードゲームなら冒険志向で博打プレイに興じたり、等々……。

ああいや、もちろんガチのプレイングも好きではあるんですが。

時には「難しいことを投げ出して、ゲーム内容のクオリティや勝敗関係なしに楽しめる」というのもゲームならではじゃないでしょうか？　ゲームは人や場所、状況によって楽しみ方が千差万別、だからこそ最高だと思うのです。みなさまはいかがでしょうか？

以下に謝辞のほうを。

担当の武石様。今回も多大なご迷惑をおかけしました。作品をより面白く、今以上に楽しくしていくため、今後ともお力添えいただければ幸いです。

イラストの檜坂はざら様。お時間のない中、とても可愛らしく素敵なイラストの数々をありがとうございます。届いたイラストがあまりにハイクオリティなため、作者のテンションが上がりすぎて、担当様がドン引いていたほどでした。

そのほか、関係者の方々に心からのお礼を。

そして何より、本書をお手に取ってくださった、あなた様。繰り返しになってしまいますが、本当に本当にありがとうございます。少しでも興味を持って読んでくださったという事実こそが、作者の一番の活力です。

それでは、またどこかでお会いできることを切に願いつつ。

小山タケル

MF文庫J

俺の転移した異世界がクソゲー年間大賞
～マジックアイテムでも物理で殴ればいい～

発行	2016年10月31日　初版第一刷発行
著者	小山タケル
発行者	三坂泰二
発行所	株式会社 KADOKAWA 〒102-8177 東京都千代田区富士見2-13-3 0570-002-001（カスタマーサポート） 年末年始を除く 平日10:00～18:00まで
印刷・製本	株式会社廣済堂

Printed in Japan　ISBN 978-4-04-068634-9 C0193
http://www.kadokawa.co.jp/

【ファンレター、作品のご感想をお待ちしています】
〒102-0071 東京都千代田区富士見2-13-12
株式会社KADOKAWA　MF文庫J編集部気付「小山タケル先生」係　「檜坂はざら先生」係

二次元コードまたはURLより本書に関するアンケートにご協力ください。

http://mfe.jp/jvu/

●一部対応していない端末もございます。
●お答えいただいた方全員に、この書籍で使用している画像の無料待受をプレゼント!
●サイトにアクセスする際や、登録・メール送信時にかかる通信費はご負担ください。
●中学生以下の方は、保護者の方の了承を得てから回答してください。